Kreuzkölln

dry im Graefekiez

Kreuzkölln neu gestaltete und

überarbeitete *dry im*

Graefekiez

Ausgabe

Johannes teilte mit und C.Zack

nicht abgehängt

in Hochstimmung hinterher in

Panik **Ute** *Süßi* C.Zack

ist in Panik bedroht
Dampfer überwintern Finn auch

Essen bei Marie Mittags wachte er auf

Jellinek hatte *erlebt*

Jellinek war in den Jahren entfernt

Sie war begeistert

Bibliografische Information der Deutschen Nationalbibliothek. Die deutsche Nationalbibliothek verzeichnet
diese Publikation in der deutschen Nationalbibliografie,
detaillierte bibliografische Daten sind im Internet über
dnb.d-nb.de abrufbar.

Kreuzkölln
dry im Graefekiez

Kreuzkölln 1. Auflage   Juli 2010

Fotos © Mike Ries und Andrea
Buchgestaltung, Mike Ries.

neu gestaltete und

überarbeitete Ausgabe

Dezember 2010

Herstellung und Verlag
Books on Demand
Norderstedt.

ISBN 978-3-839-18572-8

Dank an Andrea

Vorwort

Kreuzkölln. Gestern und Heute. Kreuzkölln, die Wortschöpfung derer, die im Schnittpunkt von Kreuzberg und Neukölln wohnen, jener Spezies, die zwar eine Minderheit ist, in ihrem Selbstverständnis und in der öffentlichen Wahrnehmung, den Bezirk durch ihren Lebensstil prägt. Ein Milieu aus Studies, Musikern, Künstlern und Lebenskünstlern. Kreuzkölln beginnt, wo Graefekiez endet. Kreuzkölln endet, wo Graefekiez anfängt. Die Reise geht nach Neukölln.

Kreuzkölln und *dry im Graefekiez.*

Beides gehört zusammen. Neues Cover, neue Fotos.

Mike Ries, im Dezember 2010.

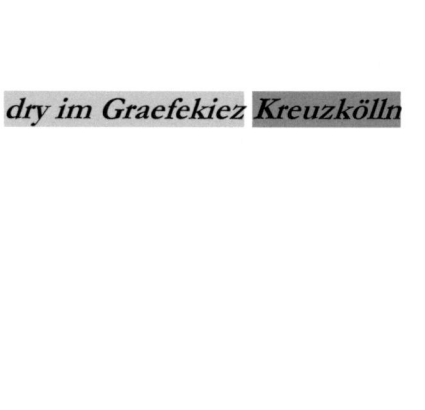

1   Vorspiel

Johannes öffnete die Wohnungstür, trat einen Schritt hinaus, blieb stehen. Auf dem Treppenpodest hockte, das Geländer festhaltend, die Gräfin. Ute, Gräfin Rollberg war besoffen. *"Joh "* jammerte sie, *„lass mich bei dir schlafen, mein Schlüssel ist weg. Ich komm nicht in meine Wohnung."* Wortlos wühlte er kurz in Ihrem Lederbeutel, hielt ihr den Schlüsselbund vor die Nase und machte sich auf den Weg ins Hochparterre zu Marie Rolle.

Einige Stunden zuvor war er mit der Drohung noch von ihnen zu hören aus der Ausnüchterungszelle in der Friesenstraße entlassen worden. Da war er nach der letzten Sauftour gelandet. Sein Fußweg nach der Entlassung führte ihn erst mal zu Edeka, Baerwaldstraße Ecke Gneisenau, Brot, Eier, Zwiebeln und Klopapier, Dosenbier. Sein Alkoholpegel war bedenklich abgesackt, als er die Kneipe in der Wilmsstraße auf dem Marsch zum Herzufer betrat. Trotz geöffneter Tür stank es nach schalem Bier und kalten Nikotinrauch. Er bestellte einen Halben bei der Oma hinterm Tresen. Vorweg ließ er sich ein Flaschenbier geben, um die Anzapfzeit schnell zu überbrücken. Überlappend saufen, nannte er das.

Die Erinnerung an die letzte Nacht war nur noch ein Filmriss. Zärtliche Frau zum Anfassen, besucht und empfängt. Diese Annonce hatte ihn gestern angesprochen, Fantasie hatte er genug, oder was er in seinem besoffenen Kopf dafür hielt.

Bis eben hatte er im Versandhauskatalog die Models für Unterwäsche betrachtet. Er mochte die älteren, Vollschlanken, deren überquellende Rundungen nur mühsam durch Korsagen gehalten wurden. Der Gedanke an Schnaps war stärker als seine Geilheit. Er rief an, verabredete sich und ging in seine Stammkneipe. Er saß dort angesoffen am Tresen, die Musik, die bekannten Gesichter, die Aussicht auf einen problemlosen Fick, und vor allem der Alkohol in seinem Kopf brachte ihn in Hochstimmung. Die in der Annonce angebotene Zärtlichkeit interessierte ihn nicht. Angefasst, roh zugegriffen, das hatte er, zärtlich war da nichts gewesen.

Dreckig ging es ihm, hinterher, wieder am gleichen Tresen, wie einige Stunden zuvor. Nach dem vierten Halben ging es ihm zunächst besser, dann kam irgendwann der Filmriss. Aufgewacht war er, wieder mal, in der Ausnüchterungszelle.

Auf dem Amtszettel stand lediglich, dass er um drei Uhr nachts als hilflose Person aufgefunden worden war. Er ging bei der Oma erst mal aufs Klo, ließ die Hosen runter und setzte sich auf die nackte Kloschüssel. Er versuchte sich zu entspannen. Es ging nicht. Sein Schwanz war geschrumpelt, schien nur noch eine Hautfalte zu sein, er kam in Panik. Er massierte seine Hoden, rieb seinen Schwanz vorsichtig zwischen Daumen und Stinkefinger. Nur mühsam gelang es ihm zu pissen. Er massierte seinen Bauch, presste, versuchte zu scheißen. Ein geruchloser Furz war alles, was er zustande brachte.

"Fehlt bloß noch, dass ich hier abkotze", hatte er gedacht, als er sein Gesicht im Spiegel über dem Waschbecken sah. Er war kalkbleich. Die Augen waren rot unterlaufen, die Lippen trocken und rissig. Etwas wacklig ging er zurück zu seinem Bier. Die Kneipentür war inzwischen geschlossen und es war nicht mehr so kalt. Er war immer noch der einzige Gast. Die Oma hinterm Tresen schaute nervös zu ihm rüber und schien sehr erleichtert als ein alter Zausel die Kneipe betrat, sie grüßte und sich auf den Hocker neben Joh setzte. Johannes zahlte, schnappte sich seine Plastiktüte und ging.

Schwer atmend, auf zittrigen Knien, kam er im vierten Stock an. Hinter der Tür kreischten die Katzen. Vierzig Quadratmeter bewohnten die Drei. Er öffnete vorsichtig die Tür, scheuchte die sich durch den Türspalt drängenden Katzen mit der Plastiktüte zurück, quetschte sich in den winzigen Flur, war mit zwei Schritten mitten in der Küche, wuchtete die Plastiktüte auf den runden Holztisch, füllte die Fressnäpfe der Katzen, hörte den Anrufbeantworter ab. Frank, die Klette, wollte ihn be-

9

suchen. Ingrid wünschte alles Gute zum Geburtstag, nachträglich. Er zog sich aus, kroch ins Bett.

Der Blumentopf knallte vom Fensterbrett auf die Holzdielen. Johannes schrak hoch. Der Kater hatte seine allmorgendliche Ausflipphase und fegte durch die vierzig Quadratmeter. Die Katze schlief unbeeindruckt in seinen Kniekehlen. Das Telefon schnarrte, zweimal, viermal, der Anrufbeantworter sprang an, keine Nachricht. Er kroch unter die Dusche, setzte sich mit Kaffee und Zigaretten in die Küche und bewunderte die zwei schönsten Katzen der Stadt beim Fressen.

Marie Rolle hatte gerade vergeblich versucht Pieke zu beruhigen als Johannes zu ihr kam. Gummigesicht Pieke hatte sich darüber beklagt, dass „son Bimbo", bei ihnen eingezogen ist.

„Die hat Angst vorm schwarzen Mann," dachte Johannes, es passte ihm nicht in den Kram, dass Pieke mit Marie zusammensaß. Er wollte mit Marie Rolle reden, reden über die Gräfin, über seine Sehnsucht nach Rosa, über zärtliche Frauen, die jeder anfassen durfte, wenn man nur genug Geld mitbrachte. Das besoffene Gejaule der gräflichen Ute war ihm schon genug weibliche Selbstdarstellung gewesen.

„Verpiss dich, du Arsch." Pieke hatte keinen Bock auf das Gesülze von Johannes. *„Hol dir doch einen runter, wenn du mit Frauen nicht klarkommst, du Suffkopp."* „Du

musst auch mal wieder gefickt werden, Gummigesicht." blaffte Johannes hilflos.

Marie Rolle fühlte sich etwas verloren zwischen den beiden. Sie hatte beide als Mieter ausgesucht, an Morgen wie diesem bereute sie ihre Wahl. Zwei Tage war sie jetzt zurück und sofort wieder der Mülleimer ihrer Nachbarn. Marie nahm sich vor, demnächst mit Johannes beim nächsten gemeinsamen Essen, über den Umgangston miteinander zu reden.

Benni war der Bruder ihrer neusten Freundin und sie hatte ihn mitgebracht, weil der nett, witzig und hübsch und vielleicht noch einiges mehr war. Johannes fürchtete Konkurrenz, er hatte mehr Angst vorm schwarzen Mann als die Pieke, die eigentlich nur neidisch auf Marie war, die sich einfach mal so einen hübschen Kerl mitbringen konnte, ohne sich groß einen Kopf zu machen, wie sie, das Gummigesicht. Scheiß drauf dachte Joh, ich geh jetzt erst mal einen trinken, schließlich fühlte er sich immer noch ein bisschen wackelig von der gestrigen Sauftour.

2

C.Zack war gerade dabei seinen Stand aufzubauen und staunte nicht schlecht als Jellinek auftauchte. Der war nicht gerade sein Lieblingskumpel.

„Verlaufen, oder was ist los?"
begrüßte er ihn.

*„Ich krieg noch Knete von Dir,
bin vollkommen blank."*

„Komm zum Feierabend, wenn ich was in der Kasse habe"
antwortete C.Zack.

„Das ist zu spät, gib mir wenigstens einen Fuffi."
jammerte Jellinek.

Widerwillig gab ihm C.Zack das verlangte Geld, war erleichtert, dass Jellinek, ohne weitere Forderungen und ohne große Erklärungen was denn eigentlich los sei, wieder davon trabte.

„Seit der nicht mehr säuft, wird der wunderlich", dachte C.Zack noch und baute seinen Stand weiter auf.

Tags zuvor, nach der Urnenbeisetzung des Johannes, war C.Zack noch gemeinsam mit den Anderen und Jellinek, mit Maries Gästen, auf die Admiralbrücke gegangen.

3   *Admiralbrücke*

Die Admiralbrücke, denkmalgeschützt, ist seit einigen Jahren der Treff der Jungen.

Tagsüber wird abgehangen, gechillt, abends, Feuerschlucker, Jongleure, Straßenmusiker dürfen bewundert werden. Bands aller Qualitätsstufen üben sich in Open Air Darbietungen. Private Geburtstagspartys finden öffentlich statt. Beifall oder Gejohle begleitet die Darbietungen, je nach dem, wie besoffen oder nüchtern die Feiernden sind.

Da können schon mal einige Hundert um ein Uhr nachts mit kollektivem Geschrei die Anwohner am Schlaf hindern.

Bis in die Nachtstunden sitzt das eher ältere Publikum gepflegt in den gastronomischen Vorgärten von Casolare und Ahoi, bestaunt das Treiben auf der Admiral, vor sich, was die Karten der beiden Kanalkneipen so anbieten. Die auf der Brücke haben sich ihre Stimmungsverstärker mitgebracht und sitzen fröhlich auf den Pollern und im Dreck der Admiralbrücke, haben sich den öffentlichen Raum erobert.

In den Häusern direkt am Kanal wohnt inzwischen überwiegend eine Klientel, die ordentlich Cash für die beliebte Lage hinlegen, oder ein Vermögen, fürs begehrte Wohneigentum zahlten. Denen gefällt das nächtliche Treiben überhaupt nicht. Der Krach und Radau scheint die ausgleichende Gerechtigkeit für die Verdrängung der ursprünglichen Bewohner am Kanal durch die Geldsäcke. Die rufen nach Ordnungsamt und Polizei, sehen ihre Idylle bedroht.

4   *das Essen*

Finn und Sarah haben sich getrennt. Jellinek war
jahrelang neidisch auf die beiden. Sarah zog es zu
einem Anderen.
Finn zieht es in die Gneisenaustraße, heimelig
wirken die Kneipen dort auf ihn, trotz anderer Be-

treiber und neuer Namen. Die gelbstichige Straßen-
beleuchtung, das Kneipenlicht, alles sehr vertraut,
Sarah zieht es inne Dachgeschosswohnung von
einem Rentner, der malt auch.

*„Du bereitest Deinen Rückfall vor, wäre auch kein Wunder,
nachdem Sarah abgehauen, und deine Mutter gestorben ist".*
Das konnte sich Finn in der Gruppe anhören. Er
hatte erzählt, dass er ne Kiste mit Schmerz- und
Beruhigungsmitteln, aus dem Nachlass seiner
Mutter, noch nicht entsorgt hatte.
Jellinek war nervös, Marie Rolle hatte auch ihn für
diesen Abend zum Essen eingeladen, Sarah und
Finn waren auch da.
„Guten Tag, wie geht es euch ... denn jetzt"?
„Piss die Wand an", war die Antwort.
Finn war schlecht drauf, hatte keine Lust auf ge-
heuchelte Anteilnahme durch den, wie er ihn sah,
selbstgefälligen Jellinek, der den Chair in der
Lausitzer gab, unaufgefordert Kontaktkarten seiner
Selbsthilfe verteilte. Finn war alles Mögliche, neuer-
dings auch sexsüchtig, vom Helfersyndrom wurde
er zum Glück nicht geplagt. Seit der Trennung von
Sarah war seine Gelassenheit sehr starken
Schwankungen unterworfen, vorher eigentlich auch
schon.
Im achten Jahr ihrer Romanze, im Zehnten seiner
Abstinenz, hatte Finn erlebt, dass es erstens anders,
zweitens auch kommt. Ein Jahr danach waren die

Verletzungen besser verheilt, die Wut kleiner, das Leben weitergegangen, nur anders.

An erster Stelle steht die Nüchternheit, sagen sie in Finns Gruppe, das hat er bis heute nicht vergessen, Sarah auch nicht, genauso wenig Jellinek; Johannes wird das noch lernen, falls er sich nicht an seinem persönlichem Tiefpunkt vorbei säuft, dann weggesperrt wird oder elendiglich verreckt. Das erste Glas stehen lassen, heißt die Zauberformel, es gibt keinen Grund zu saufen, Hilfe annehmen, auf den Willen ist geschissen, auf die höhere Macht kann ich hoffen, das erste Glas muss ich selbst stehen lassen, dann ist die Zeit auf meiner Seite.

Heilsam, für alle, war die gemeinsame Kocherei. Alle beteiligten sich an den Arbeiten, schälen, putzen, waschen. Die anfängliche Gereiztheit zwischen Finn und Jellinek war verschwunden. Johannes ließ Pieke zufrieden, die ignorierte dessen Schnapsfahne, lauschte neugierig Bens Zukunftsplänen. Der wollte nach München, sich für einen Job bewerben. Sarah, die mit Finn bis zu ihrer Trennung eine Ecke weiter wohnte, war aus Schöneberg gekommen, freute sich, dass alle friedlich miteinander umgehen konnten. Einig waren sich alle, dass die Veränderungen in ihrem Kiez nicht nur einen Generationswechsel darstellten. Die politischen und damit gesellschaftlichen Veränderungen griffen stärker als früher in das Leben im Kiez ein. Die eh fragwürdige Koketterie vom

„arm aber sexy" verschwand aus dem kollektiven Bewusstsein. Die ohne Taschenrechner nicht klar kommen, gefallen sich darin die Ausgaben für die Sozialsysteme infrage zu stellen. Der Ausbau des Fichtebunkers, ein Ausdruck des aktuellen Immobilienbooms, die Veränderungen, sogar im Wrangelkiez, Car-Lofts in der Reichenberger, Planungen für die Mediaspree fanden weitestgehend ohne aktive Beteiligung der Kreuzberger statt. Kulturbeauftragte müssen sich mit Sponsoring auseinandersetzen. Mäzenatentum war noch das Angenehmere.

Es war ein friedliches Essen, nur die Abwesenheit von C.Zack und der Gräfin bedauerte Marie etwas, hatte aber nichts anderes erwartet, da sie C.Zacks Abneigung von familienähnlichen Treffen kannte, die Gräfin war genauso gestrickt. Die Veränderungen im Kiez, für Johannes ein Problem, die anderen freuten sich. Die neuen, kleinen Läden in der Graefe, der Dieffenbach, waren Gegenprogramm zu den Billigläden des Kottbusser Damms. Marie ist Stammkundin im Lakritzladen. Die Kerle haben diese Veränderung kaum wahrgenommen, sind nur an den Kneipen interessiert, wobei auch da Veränderungen stattfanden, besonders in der Graefestraße. Viermal Späteinkauf gibt's da inzwischen, davon drei mit Internetanschluss im Hinterzimmer, und das, wo die dynamischen jungen Leute mit ihrem Laptop im Café sitzen.

Der Fuchsbau Ecke Planufer, Graefestraße, heißt zwar noch so, wie schon immer, Ambiente und Kundschaft aber haben sich radikal verjüngt. Nix für alte Säcke wie Johannes oder C.Zack. Die Ankerklause in Sichtweite vom Fuchsbau, scheinbar halb überm Landwehrkanal hängend, Ecke Kottbusser Damm, vollzog die Wandlung von der typischen Berliner Eckkneipe zum Treff für Zugezogene schon vor Jahren. Direkt neben dem Fuchsbau ist der Laden für Künstlerbedarf, den gibt's schon ewig, dort durfte Pieke Plakate ihrer Ausstellungen hängen. Daneben, Graefestraße, in der Hausnummer Eins, Elektro-Lampke, inzwischen erweitert um Fahrradteile und Zubehör, nach der Schließung des Eisenwarenladens in der Graefe, die letzte, wirklich alte Institution im Kiez. Marie hat da schon in den Sechzigern Glühbirnen geholt.

In der Mitte der Graefestraße duftete es zwanzig Jahre nach Gewürzen. Die Firma Charaf, orientalische Gewürze, hatte dort ihr Lager in einem der kleinen Läden. Bei schönem Wetter stand die Ladentür auf wenn die Gewürze gewogen, für den Marktverkauf am Dienstag und Freitag auf dem Türkenmarkt am Maybachufer verpackt wurden.

„Wenigstens die sind im Kiez geblieben" freute sich Sarah. Das Lager ist jetzt in der Böckhstraße. Auch die Böckh ist stark verändert. Da gibt's sogar wieder eine Buchhandlung auf der Ecke zur Grimm, neben der *Goldmarie,* nachdem es in den Achtzigern in der Böckh mal ein tolles Bücherantiquariat gab. Antiquariate gibt's noch heute in der Dieffenbach und der Graefestraße. Veränderungen waren es, die sie beim Essen besprachen, ruhig und unaufgeregt. Evi und Bruno, Maries alte Freunde, hatten ihren nicht eingeplanten, verspäteten Nachwuchs, zwei pubertierende Knaben, die eigentlich kein Interesse hatten auf alte Geschichten, nur vorglühen wollten, mehr Bock aufs Komasaufen mit ihren Kumpels hatten, mitgebracht.

Alle waren zufrieden, bis auf Johannes. Der vermisste Wein, Bier, und anderes, was in der Birne knallt und bei Marie nicht zu finden ist, gedacht hatte er sich das schon vorher, war trotzdem gekommen. Er wollte sich mal wieder von seiner guten Seite zeigen. Im Verlauf des Abends wurde er aber zusehends unruhiger. Die Schnäpse, die er kurz vor dem Essen getrunken hatte, verloren ihre Wirkung. Sein Alkoholpegel war unangenehm gesunken, er musste schleunigst nachfüllen, verließ als Erster das Essen bei Marie.

5

Es war mittags, grau, am Tag nach der Urnenbeisetzung, die auf der Admiral Abhängenden noch nicht da.

Der Blick Richtung Baerwaldbrücke war ernüchternd, alles andere als romantisch. Schweigend standen sie zwischen den Pollern, dachten an Johannes, wie einsam der sich gefühlt haben musste, hier zu verrecken, hier wo bei schönem Wetter im Sommer der Bär steppte, die junge Generation Party machte, unbekümmert und fröhlich ihre Jugend auslebte, mehr oder weniger zugedröhnt.

Bubi C.Zack war seit Jahren auf den Berliner Märkten unterwegs. Regelmäßig, jedes Wochenende, freitags und samstags, freitags Maybachufer und samstags in Schöneberg. Unter der Woche, dienstags und mittwochs, unregelmäßig, je nach Wetter und Tagesform seiner Brieftasche.

C.Zack hatte den Standaufbau beendet. Wie meistens hatte er erst um zehn Uhr Handgeld. Durch die veränderte Verkaufszeit ging es erst spät los aufm Markt. Nur an den Gemüseständen sichtete man einzelne Frühaufsteher. Er gönnte es den Kollegen.

Deren Arbeitstag begann um vier Uhr morgens auf dem Gemüsegroßmarkt.

Der Wetterbericht hatte für diesen Samstag Schauer angekündigt. Schneeschauer. Er hatte seinen Stand an drei Seiten eingeplant und frühstückte.

Jellineks sehr überraschendes Auftauchen beschäftigte ihn, irgendwie hatte er keinen Zugang, kein Gefühl für den, wusste nicht, was er von ihm halten sollte. Er kannte ihn seit den Achtzigern. Jellinek war mal der Philosoph unter den linken

Studies. Seine existenzialistische Attitüde hatte viele stark beeindruckt. Er saß mehr oder weniger angesoffen in den Kneipen, erklärte der Welt die Welt, gewissermaßen, auf hohem Niveau. Wo Johannes meist genussvoll Tagespolitik kommentierte, da dozierte Jellinek über das Sein und das Bewusstsein. Jellinek lebte auf Kosten seiner Freundin. Die hatte einen festen Job, ne große Wohnung und liebte ihren schönen Philosophen abgöttisch. Jellinek, schlank, mit schmalem, gleichmäßig geschnittenem Gesicht, dunkles, gelocktes Haar und schwarze traurige Augen. Empfindsam, sensibel wirkte er, mit seinen sehr schmalen Händen und seinem schlanken Wuchs. Zehn Jahre, zwanzig Semester, ging das gut für Jellinek. Gelegentlich zeigte er sich in der Uni, saß meistens am Nachmittag in einem Café, las die internationale Presse, genoss Cognac zum Kaffee, machte sich Notizen.

Am frühen Abend tauchte zu ihrem Feierabend seine Freundin auf und beide wechselten in eine der Kneipen in der Wiener Straße. Er stieg auf Bier um, sie bestellte Wein. Der Ablauf des Abends war immer gleich. Die Gäste kannten sich alle, die wenigsten arbeiteten, meistens waren es die Frauen, die Geld nach Hause brachten. Denen gefiel es bei den Studies, Studentinnen war kaum dabei, und wenn, übertrafen sie die Kerle in der Selbstdarstellung. Die Gräfin Ute war eine der Hauptdarstellerinnen, von der aber niemand wusste, was sie eigentlich studierte. Die Betreiber der Kneipen waren abgebrochene Studies, sahen sich als Kneipenkollektiv als Vorhaut der Arbeiterklasse. Wer nichts wird, wird Wirt, kam denen nicht in den Kopf. Wenn das auch nicht klappt, tut es auch der Betriebswirt, fügte C.Zack gedanklich hinzu.

Jellineks Freundin war den Rest des Abends damit beschäftigt ihren Philosophen davon abzuhalten, sich ein Bier nach dem Nächsten einzupfeifen. Sie verbuchte es schon als Erfolg, wenn sie ihn vor Mitternacht, aus der Kneipe, nach Hause lotsen konnte. Der nächste Tag lief genauso ab, Woche für Woche, Monat für Monat, Jahr für Jahr. Wenn die Saison für Federweißen da war, stieg Jellinek von Bier auf das Saisongesöff um, er kam aus dem Anbaugebiet. In der Zeit war er überhaupt nicht mehr aus der Kneipe zu kriegen. Wenn man zu der Zeit was von ihm wollte, lief gar nichts. Fragen nach dem Vortag konnte er nicht beantworten. Irgendwann fragte er Marie Rolle, ob sie ein Zimmer für ihn wüsste. Seine Freundin hatte ihn vor die Tür gesetzt.

Er stürzte ab, fand sich in der Entgiftung im jüdischen Krankenhaus wieder. Entgegen der Erwartung aller bekam Jellinek die Kurve. Er versank nicht im Suff. Er hörte von einem Tag auf den anderen mit seinem täglichen Café- und Kneipenbesuch auf. Ne Weile engagierte er sich in der Alki-Selbsthilfe, dann brach er seine Berliner Zelte ab, fuhr zurück in das Kaff, aus dem er vor mittlerweile dreißig Semestern gekommen war, kroch unter die Fittiche von Papa und Mama. Er wurde nie wieder in Kreuzberg gesehen. C.Zack war der Letzte, der ihn an diesem vergangenen Samstag zu Gesicht bekam.

6   Jellinek

Mittags erfolgte Jellineks Notaufnahme. Nach Blutdruckmessung, EKG, Befragung durch den Arzt. Seine Körperfunktionen waren alle im roten Bereich. Körper und Geist schrien nur noch nach Schlaf. Um 10 Uhr war er durch starkes Klopfen und Dauerklingeln an seiner Wohnungstür aus seinem komatösen Schlaf ins Wachsein zurückgeholt worden. Bobo und Klas waren 400 Kilometer gefahren, um ihn ins Krankenhaus zu bringen. In den letzten Wochen hatte sein letzter verbliebener Kumpel, dies mehrmals vergeblich, langsam resignierend, versucht. Zweimal waren sie bis zur Aufnahme gekommen. Jedes Mal war er im letzten Moment abgehauen. Auch vorm Urban hatten sie gestanden.

Er zog die verdreckte Jeans über die vollgeschissene Unterhose, den Pullover hatte er letzte Nacht gar nicht erst ausgezogen. In der Küche türmte sich der Müll, im Wohnzimmer lagen Zeitungen, Papiere jeglicher Art auf Tisch und Boden verstreut, Möbel waren umgekippt. Interessiert sahen sich seine Freunde um. Bobo war hungrig, also gingen die Drei eine Ecke weiter in ein Bistro mit Frühstücksbüffet. Die zwei aßen, er trank Wodka, den mit dem Grashalm. Das Broken English von Marianne Faithfull waberte in den Lautsprechern und seit Wochen in seinem Kopf, jedes Mal wenn er sich in dem Bistro besoff, und das war täglich. Berta, die Wirtin, erweiterte vor einigen Wochen ihr Schnapssortiment, extra für ihn. Er hatte jetzt elf Wochen am Stück gesoffen und in den letzten vierzehn Tagen einfach nicht mehr aufhören können. Es ging einfach nicht mehr. Sein Körper schrie förmlich nach Alkohol. Sein Wille war gegenüber dem Alkohol machtlos geworden. Im Krankenhaus nahmen sie ihn in die Mitte, wegen seiner Besoffenheit, und weil er vor Schwäche kaum stehen konnte, aber auch, damit er nicht abhaute. Es war ein Sonntag und nur sein jämmerlicher Zustand rettete ihn davor, ohne Kostenübernahme durch die Krankenkasse, nicht abgewiesen zu werden. Im Krankenbett kam er kurz wieder zu sich. Klas beugte sich über ihn.

„Bleib hier, halte durch".

Er bekam noch mit, dass Bobo ihm 100 Mark zusteckte, *„man braucht immer Geld im Krankenhaus"* sagte der, das klang wie … man braucht immer Geld im Knast.

Stunden später wachte er auf, fand irgendwie den Weg zum Klo. Auf dem Weg zurück ins Krankenzimmer begann er am ganzen Körper zu zittern. Arme und Beine schlenkerten ohne Koordination, Schweiß brach ihm aus, er schrie, schon umkippend griff der herbeigeeilte Krankenpfleger zu, ihn auffangend. Sein Körper zuckte und wand sich. Nur mit Mühe schleifte der Pfleger ihn aufs Zimmer ins Bett zurück. *„Geht nicht ohne Distras"* war, was er zuletzt hörte.

Volker lag angezogen auf der kackbraunen Tagesdecke des Krankenbettes und pulte an seinen Fingernägeln. Äpfel, Bananen, Weintrauben und Kekse lagen verstreut auf der Tagesdecke. Bettnachbar Detlef war wie alle Detlefs dieser Welt frisch geduscht und geföNT, Gesicht und Arme eingecremt, weißes T-Shirt und weiße Jeans. Er rollte seine Tagesdecke zu einer Wurst zusammen. Hans, der Älteste auf dem Zimmer, war schon unterwegs zu seiner Frau, die auf der Entgiftung für Frauen lag. Jellinek saß am Waschtisch und versuchte sich zu rasieren. Volkers Frau und seine Mutter waren eben gekommen, sorgenvoll, auch erleichtert, ihn in der Entgiftung zu wissen. Es war das sonntägliche Ende der Mittagsruhe, die nächsten anderthalb Stunden Besuchszeit.

Sonntags gab es keine Visite, keine Gruppen oder Therapietermine. Jellinek hatte die letzten Tage noch nicht am Rhythmus der Station teilgenommen. Er litt noch unter dem Entzug, stand noch unter der betäubenden Wirkung der Distras. Nach der Einlieferung hatte er zunächst kalten Entzug durchlebt, bis er auf Distras gesetzt werden musste. Vor dieser Maßnahme hatte er den Albtraum jedes Entziehenden erlebt.

Jellinek bekam Epies, Krampfanfälle, die bei schweren Entzügen auftreten, epileptische Anfälle, deshalb die Distras. Heute, am Sonntag, war er erstmals in der Lage seine Umgebung nüchtern wahrzunehmen.

Rückfälle, einer nach dem anderen, mit immer kürzer werdenden Trinkpausen, von wachsendem Ausmaß, von Mal zu Mal sich steigernd, seine Energie auffressend, sich zusammenziehend, sich verdichtend, wie ein schwarzes Loch ihn zu fressen drohend und am Ende sich zu einem einzigen jahrelangen Exzess auftürmend. Der ganz persönliche

Urknall des Säufers am Tiefpunkt seiner Geschichte mit der letzten Entscheidung weiter zu saufen und damit zu sterben oder aufzuhören und zu leben. Jellinek wollte leben. Das war das Einzige, was er an diesem Sonntag wusste. Die früheren einzelnen Katastrophen hatten in seinen Saufphasen an Kraft gewonnen, waren zur Hölle auf Erden geworden, und das war einem passiert, der sein Leben erfolgreich im Griff zu haben schien, der konnte nichts anderes mehr als weinend zu Gott zu flehen und sich tot zu saufen versuchte.

„Warum sind Sie hier? Nur mal ein paar Tage ausruhen und dann weiter saufen?"
Diese Frage des Oberarztes im jüdischen Krankenhaus brachte Jellinek ins Leben zurück.
Am Donnerstag nach der Entlassung saß er in der Lilienthalstraße, in der Selbsthilfe.

„Merkst Du noch was? Du treibst nüchtern den gleichen Scheiß wie besoffen, bist nüchtern besoffen, vollkommen unfähig Realitäten zu sehen und entsprechend zu handeln. Du drehst an der Schraube, die dich zum Saufen bringt. Du

glaubst deine Haut zu retten, ohne zu merken, dass du dein Fell längst versoffen hast. Nur, wenn du akzeptierst, nackt zu sein, bei null anzufangen, hast du eine Chance nüchtern zu bleiben. Wenn du deinen Arsch retten willst, fang endlich an zu leben, was du redest. Anspruchshaltung gleich null, du bist ein Penner auf Urlaub, der gerade eine Saufpause macht. Ein Alkoholiker macht keine Karriere.

Prestigedenken kannst du vergessen, oder du kannst gleich wieder in die nächste Kneipe gehen. Ohne Kapitulation hast du keine Chance. Das erste Glas stehen lassen, mehr brauchst du nicht zu tun, aber geisteskrank, wie du bist, trinkst du das zweite Glas, nicht wahr? Nasses Denken ist das. Du bist nicht trocken, ne Saufpause ist das. Was ist los, dir geht's gut? Deine Blutwerte sind prima? Saufdruck hast du nicht? Arbeiten kannst du auch wieder, Albträume hast du nicht mehr, aber Schiss vorm nüchtern sein. Die Alte brauchte Schnaps, um mit dir vögeln zu können. Du musstest mitsaufen. Sonst wäre nichts gelaufen.

Der beste Fick deines Lebens? Merkst du eigentlich noch was?"

Jellinek war beeindruckt, er war vor drei Monaten aus dem Krankenhaus entlassen worden. Anfangs ging er an vier Tagen der Woche in Selbsthilfegruppen und an drei Tagen in die ambulante

Therapie des Krankenhauses. Der rüde Umgangston, der in der Donnerstagsgruppe herrschte, hatte ihn anfangs gestört. Jetzt, drei Monate nach seinem ersten Besuch war ihm diese Gruppe zum festen Termin seines wöchentlichen Gruppenlebens geworden. Die zweite Stammgruppe, am Samstag, war sehr anders. Wo die Donnerstaggruppe direkt auf Aussagen reagierte, herrschte in der Samstagsgruppe Zurückhaltung, wurde indirekt auf Aussagen geantwortet. Wo in der Einen, praktische Lebenshilfe gegeben wurde, stand in der Anderen deren Programm und Spiritualität, als Voraussetzung zu anhaltender Trockenheit im Mittelpunkt. Gemeinsam war beiden Gruppen, dass sie ihre Mitglieder, solange sie in die Gruppe gingen, vor erneutem Saufen bewahrten. Beide Gruppen funktionierten.

*„**Fotografiert** soll ich werden, morgen, das will ich nicht, das stinkt mir, ist nicht zu kontrollieren. Ich werde auch richtig sauer, wenn ich merke, dass mich jemand von hinten beobachtet. Das kann ich nicht ab. Weiß ich, was aus dem Foto wird?",*

Die das sagte war zum ersten Mal in der Gruppe und hatte gerade beschlossen ab morgen nicht mehr zu trinken. Sie erinnerte Jellinek an einen hellblauen, leicht zerraubten Wellensittich, der gerade der Wasserschale seines Käfigs entstiegen ist. Eng anliegende, feucht erscheinende Haare standen in kleinen Büscheln seitwärts der winzigen Ohren vom Kopf ab.

Sie hatte gerade ihre Aussage beendet als Evi und Karin in der Gruppe in der Lausitzer eintrafen. Die Beiden setzten sich. Jürgen war der Nächste, der seine Aussage machte. Er sprach von seinen ersten Schritten in die Nüchternheit, davon, wie schwer es ihm gefallen ist, wie es erst im Laufe der Zeit leichter geworden ist. Danach sprach Hans, von den Nackten am Bullenwinkel, Schwierigkeiten Klamotten in Übergröße zu finden, vom Besuch bei seiner Schwester, von seiner Wohngemeinschaft, seiner Arbeitssituation, den Jahren, die er Gruppen besucht und dadurch trocken geworden ist. Es folgten noch Aussagen von Birgit und Martin, Jellinek sagte nichts.

An diesem Samstag vor einigen Wochen war Johannes in dem Meeting gewesen. Marie Rolle hatte ihm die Adresse gegeben, als er nach einer Sauftour kläglich vor ihr gesessen hatte und zu saufen aufhören zu wollen beteuerte. Er war nur ein einziges Mal dort gewesen, hatte etwas von höherer Macht, Glauben und Kapitulation und kleinen Schritten in die Trockenheit gehört, verstanden hatte er nichts. Jellinek hatte gewusst, dass Johannes so schnell nicht wiederkommen würde, der musste erst noch einige Kneipenrunden drehen, um seinen Tiefpunkt zu erreichen; dass ein Alkoholiker den

Weg in die Gruppen fand, bevor ihm der Arsch endgültig auf Grund ging, hatte er noch nicht erlebt.

7

Nach der Gruppe holte sich Jellinek ein Eis in der *Isabel*, freute sich, dass ausnahmsweise keine Jungeltern samt Blagen und Kinderwagen den Zugang blockierten. Er hätte sich sonst im Zeitungsladen gegenüber, wie so oft, ein abgepacktes Eis geholt, es vorgezogen sich durch die den Fußweg besetzenden Gäste der *Goldmarie*, nomen est omen, durchzukämpfen. Die Rücksichtslosigkeit der das Straßenbild bestimmenden Generationen war in den letzten Jahren größer geworden. Entweder wurde seine Wahrnehmung mit zunehmendem Alter empfindsamer, also intolerant, oder die Jungen waren tatsächlich rücksichtsloser, als er es für möglich gehalten hatte. Die waren nicht aggressiv, wie die, ein paar Straßen weiter, die waren einfach nur desinteressiert an den Mitmenschen außerhalb ihrer eigenen Szene, ihrer Gruppe, und deshalb rücksichtslos ohne es zu merken.

Er hatte sich Johannes gegenüber kühl und abweisend verhalten, obwohl er spürte, der hätte gern einige Fragen gestellt. Es hatte ihm nicht gepasst, dass er in der Gruppe gesehen wurde und dadurch das Geheimnis um seine plötzliche Abstinenz enthüllt war. Er war immer noch der Meinung die Welt drehe sich um ihn, alles und jeder mache sich Gedanken, warum er nicht mehr trinke, außerdem war sein Status als einziger, wie er dachte, geläuterter Säufer in einem Kiez voller Suffköppe in Gefahr, wenn Johannes ebenfalls aufhören sollte zu trinken. Wenn der in Gruppen gehen will, soll er sich eine andere suchen, nicht meine, dachte er und war enttäuscht, dass Marie Rolle ihn geschickt hatte, obwohl sie wusste, dass er dort hinging, auch Jellinek hatte diese Adresse von Marie bekommen, er hatte sich eingebildet sie würde diesen Tipp ausschließlich ihm geben.

Jellineks Eitelkeit litt, er war eben auch nur eine Armeslänge vom nächsten Schnapsglas entfernt.

8

Es begann zu regnen. Schneeregen, C.Zack war wieder mal genervt. Es war einer jener Markttage geworden, an denen nichts rund lief. Die Kunden kamen sehr spät, suchten Beratung, wollten umtauschen, kauften wenig, waren hauptsächlich auf Schnäppchenjagd, bemäkelten den Preis, den er für seine Ware nehmen musste. Monatsende.

Überhaupt saß das Geld nicht mehr so locker. Hohe Arbeitslosigkeit, gepaart mit der Steigerung der Kosten für die Lebenshaltung hatten in den letzten Jahren die Kundschaft von C.Zack längst den Gürtel enger schnallen lassen. Die jammerten nicht auf hohem Niveau, lebten auch vor ALG 2 und Finanzkrise schon von der Hand in den Mund. Neu war nur, dass es deutlich mehr geworden waren, die auf den Cent schauten.

Jetzt wurde der Regen auch noch stärker, zur Hauptverkaufszeit. Eine Stunde später begann C.Zack vorzeitig abzubauen. Der einsetzende Regen, der sich bildende Schneematsch, hatte verhindert, dass sich der Markt doch noch stärker belebte. So war es in den letzten Wochen häufiger gewesen, irgendwelche Großveranstaltungen hielten die Kunden vom Marktbesuch ab oder das Wetter spielte nicht mit.

Um vier war Bubi C.Zack zu Hause. Er fütterte die Katzen, die er nach dem Tod des Johannes vor dem

Tierheim gerettet hatte, und kroch erst mal ins Bett. Drei Stunden später stand er auf, ging unter die Dusche, setzte sich in die Küche, aß etwas.

C.Zack hatte sich mit Ute, Gräfin Rollberg, für den Abend verabredet. Die traf er zwar eh dauernd im *Rizz*, heute wollten sie jedoch ins Kino in der Yorckstraße. Der Kinobesuch stellte eine Neuerung in der Beziehung der Beiden dar. Bisher hatten sie sich eher zufällig im *Rizz* getroffen, waren gelegentlich miteinander ins Bett gekrochen, alles sehr unverbindlich.

Er wusste eigentlich sehr wenig von der Gräfin, nur dass sie ne Echte ist, in den Siebzigern nach Berlin gekommen war, und gerne einen zu viel trank. Die Gräfin Ute hatte ein großes Herz für die werktätige Bevölkerung, die männliche. Die Idee zum Kinobesuch war von ihr gekommen.

Sie gingen in die Spätvorstellung der *fabelhaften Welt der Amelie*. Alles andere als fabelhaft fühlte sich C.Zack als sie das Kino verließen. Er hatte schnell gemerkt im falschen Film zu sein. Während der Vorführung verließ ihn nicht das Gefühl, eine Brille zu brauchen. Für ihn war alles unscharf, die Bilder und die Story. Falls sie noch mal auf die Idee kamen gemeinsam ins Kino zu gehen, wollte er den Film aussuchen. Es war kurz vor Mitternacht, als sie vor dem Kino in der Yorckstraße standen. Sie zögerten kurz ob sie noch was in der Gneisenau trinken sollten, machten sich aber auf den Weg ins *Rizz*, wie gehabt. Sie tranken noch zwei Absacker, landeten im Bett.

Ute war unsicher ob sie sich stärker, näher, auf Bubi C.Zack einlassen sollte. Er gefiel ihr. Trotzdem, irgendwas hinderte sie ihr Verlangen nach ihm, ihren Wunsch nach seiner Nähe, noch deutlicher zu zeigen. Schon jetzt, wo eigentlich noch keine enge Bindung da war, befürchtete sie verletzt zu werden. Die Beziehungen zu den Männern in ihrer Vergangenheit endeten immer als Katastrophe. Sie traute sich nicht, sich stärker einzulassen, vermutete, dass C.Zack nur aufs Vögeln aus war, sie ansonsten nicht wirklich wahrnahm. Im Übrigen dämmerte ihr langsam, dass Männer nicht die Lösung der Probleme bedeuteten, die sie mit sich hatte. Seit ihrer Jugend hatte sie sich immer mit Haut und Haaren auf den Nächsten eingelassen. Märchenprinzen waren ihre Männer für sie gewesen. Bedingungslos hatte sie geliebt und sich selbst dabei klein gemacht. Männer ihrer Vergangenheit, so unterschiedlich sie waren, hatten alle früher oder später genug von ihrer alles umfassenden Liebe gehabt. Sie brauchte nur wenige Wochen zwischen den Enttäuschungen bis sie sich wieder auf die nächste große Liebe einließ. Jeder neue Mann war für sie die Liebe ihres Lebens. Trost in den Zeiten der Enttäuschung und Verletzung suchte sie im Alkohol, gefunden hatte sie ihn nicht.

Beschwipst war Ute, Gräfin Rollberg, charmant und geistreich, ein Glas zu viel und sie fiel aus der selbst gewählten Rolle. Sie wurde dann arrogant, zynisch und bissig, wobei sie immer noch geistreich blieb. Das war dann nicht jedermanns Sache. C.Zack beeindruckte ihre klare Direktheit. Nüchtern traute sie sich immer weniger, fühlte dann, was sie längst wusste. Ute, Gräfin Rollberg, war in der Sackgasse. Hatte sie sich in Stimmung gebracht, fühlte sie sich gut, anerkannt. Ohne Stimmungsaufheller war sie unsicher, ängstlich. Bevor sie sich zögernd auf C.Zack eingelassen hatte, war sie gerne mit Johannes um die Häuser gezogen, sie kamen prima miteinander aus, jedenfalls solange der noch nicht dauernd besoffen war, das war ihr irgendwann zu viel geworden. Jetzt war Johannes tot und seine Seelenverwandtschaft fehlte ihr. Wenn beide annähernd gleich angetrunken waren, brannte die Luft. Sie übertrafen sich gegenseitig an ironischem Zynismus, kübelten eimerweise Spott über die Anwesenden. Sie hatte ihren liebsten Sauf-kumpel verloren.

C.Zack war anders. Geistreich war der auch, Spott und Ironie aber, auf Kosten Anderer, waren dem fremd. Der saß auch dauernd im *Rizz*, stürzte aber nie ab, wusste, wann er genug hatte, anders als Johannes. Ute und C.Zack, beide ohne große Bindung zu ihren Herkunftsfamilien, beide Ende vierzig, Leben erfahren, im gleichen Milieu lebend, interessiert aneinander, waren seit einiger Zeit dabei, es miteinander zu versuchen.

 9

   C.Zack erwachte. Nach Kino und dem Absacker im *Rizz* war er in Utes Bett gelandet. Erst das dritte Mal, dass er hier aufwachte. Ute lag nicht neben ihm. Er schaute sich um. Das Zimmer besaß Bett und Kleiderschrank, einen Stuhl und den großen Standspiegel, war fast unmöbliert.
Es gab noch das Bad, die große Wohnküche und ein weiteres, kleineres Zimmer, das vollständig mit einem großen Webstuhl ausgefüllt war. Ute hatte sich vor Jahren als Weberin versucht. Er stand auf. In der Küche saß Ute bei Kaffee und Zigarette. Sie strahlte ihn an, derart intensiv, dass ihm flau im Magen wurde.
„Guten Morgen Süßi. "
Als Süßi war er seit Jahren nicht mehr bezeichnet worden, eigentlich noch nie, außer von einer flüchtigen Bekannten, für die jeder ein Süßi war. Von Ute hatte er diese Anrede nicht erwartet. Die meinte das aber ernst, er war zu ihrem Süßi geworden. C.Zack setzte sich zu Ute.

Es klingelte, Ute öffnete. Marie Rolle stand vor der Tür.

„Die haben unser Haus verkauft, die Erbengemeinschaft hat unser Haus verkauft. Der neue Eigentümer hat schon Schreiben wegen der Duldung zur Modernisierung verschickt. Meine Hauswartstelle bin ich auch los."

Ute und C.Zack waren sprachlos.

„Die anderen kommen auch, was machen wir?"
Marie Rolle ließ sich auf einen Küchenstuhl fallen.
Eine halbe Stunde später war in Utes Küche kein Platz mehr frei. Bruno und Evi, Pieke, sogar Ben, der immer noch nicht in München war, trudelte bei Ute ein. Bruno sprach zuerst.
"Wir wollten es euch schon sagen, wir ziehen nach Lankwitz, in zwei Monaten, wegen der Kinder," stotterte er,
"Tut mir leid.".
„Ich geh sowieso nach München", schloss sich *Benni an.*
„Ich zieh zu Ute" meinte C.Zack.
Marie sah Pieke an.
„Ich geh zum Mieterverein, lass mich beraten" sagte Pieke zu Marie gewandt. Marie war verblüfft, ausgerechnet Pieke wollte sich wehren.
Zwei Stunden später saßen Marie und Pieke beim Mieterverein und ließen sich beraten, über die formale Möglichkeit der Modernisierung nicht zu-

zustimmen, es auf eine Klage ankommen zu lassen. Den Heizungseinbau wollten sie dulden, Weitergehendem nicht zustimmen. Marie hatte errechnet, dass sie die zu erwartende Mieterhöhung, wegen des Heizungseinbau, zahlen könnte, dabei zunächst übersehen, dass durch den Wegfall ihrer Hauswartstelle keine Mietfreiheit mehr bestehen würde.

Es würde eng für sie werden. Pieke rechnete eh schon mit jedem Cent, war aber, wie immer, optimistisch irgendwie über die Runden zu kommen.

10   *Pieke*

Pieke wusste nicht, wie es weitergehen sollte, war am heulen als Marie über sie stolperte. *„Kann ich dir helfen"*, hatte Marie gefragt. Die geschluchzte Antwort war nicht zu verstehen.
„Ich will gerade auf der Van Loon einen Kaffee trinken, komm mit, ich lad dich ein."
Pieke trottete mit. Beim Kaffee erzählte sie. *„Meine Tasche ist weg, war alles drin. Ich kann nicht mehr. Ich will ins Urban, in die Krise, bevor ich vor die U-Bahn springe. Ich hab letzten Monat schon mal alles verloren. Ich halt das nicht mehr aus. Ich dreh langsam durch. Immer die gleiche Scheiße mit mir. Ich halt das nicht mehr aus."*
Zurzeit hatte sie weder Job noch Kerl, noch Wohnung. Als Marie ihr jetzt anbot in eine der frei werdenden Wohnungen zu ziehen sagte sie sofort zu, begann wieder neue Hoffnung zu schöpfen.
Sie hatte ein Zimmer bei einer Freundin, seit sie bei ihrem letzten Macker rausgeflogen war. Die Freundin hatte seit einer Woche einen neuen Lover, war nicht begeistert von ihrer Anwesenheit, und drängte sie sich was Anderes zu suchen.
Marie war an diesem Tag für die verzweifelte Pieke das berühmte Licht am Ende des Tunnels.
Pieke malte, hatte sich zur Webdesignerin ausbilden lassen, hatte in den letzten Jahren ihre Bilder an den unterschiedlichsten Orten, in Galerien, in öffentlichen Einrichtungen, Projekten und auch

Kneipen ausgestellt, aber selten was verkauft. Webseiten erstellte sie für Freundinnen. Zu verdienen war damit nur wenig. Mit vierzig war sie zu alt um sich als Nachwuchstalent vermarkten zu können, zu jung, um als etabliert gelten zu können. Sie hatte eine gewisse Bekanntheit in der entsprechenden Szene, in der es allen ähnlich ging, talentiert, aber nicht angesagt in der kreativen Landschaft. Die jungen, medialen Powerkids verursachten mehr Aufmerksamkeit. Die aus aller Herren Länder, nach dem Mauerfall, aufgetauchten Etablierten standen in der öffentlichen Wahrnehmung. Pieke schlug sich mit Malunterricht, Kreativ-Workshops genannt, durchs Leben, hatte immerhin, demnächst, einen Zeitvertrag bei den Anthroposophen in der Ritterstraße.

11

Vier Wochen später rückten die Baumalocher an. Die nächsten Monate lebten alle auf einer Baustelle. Der Putz in Treppenhäusern und Wohnungen wurde für die Elektroleitungen aufgestemmt, Decken durchbohrt für die Heizungsrohre. Das Hinterhaus bekam Balkone. Der Krach und Lärm war unerträglich, Dreck drang durch alle Ritzen, trotz Einplanungen in Haus und Wohnungen. Mietminderung war möglich, änderte aber nichts an den vorhandenen Belastungen durch die Baumaßnahmen. Nicht nur Marie und Pieke waren kurz vorm Durchdrehen. Während der Baumaßnahmen entmietete sich das Haus. Fast alle zogen weg. Entweder hatten sie es wie Bruno und Evi schon vordem vorgehabt, oder wollten, konnten sich die zu erwartende Mietsteigerung nicht leisten, das war die Mehrheit der bisherigen Mieter. Einige wenige, wie Marie, wollten Wohngeld beantragen. Pieke war inzwischen bei der Agentur für Arbeit gelandet und hoffte, dass die neue Miete übernommen würde. Sie irrte. Auf Anordnung der Agentur für Arbeit begab sie sich auf Wohnungssuche. Marie Rolle bekam Wohngeld, das die Mietsteigerung bei Weitem nicht ausglich.

Sie überlegte unterzuvermieten, an Pieke. Nach einem halben Jahr waren die Modernisierungsmaßnahmen beendet, die Mieterschaft wie aus-

gewechselt, und vorm Haus am Kanal parkten noch
ein paar Luxusschlitten mehr.

12

C.Zack und Ute saßen im Rathaus Kreuzberg, in der Kantine im obersten Stock und genossen die Aussicht auf Berlin. Der Potsdamer Platz war zum Greifen nah, in der Ferne sahen sie den Funkturm. Am Kanal entlang, vorbei am Minigolf, über den Mehringdamm zum Kreuzberger Rathaus in der Yorckstraße. Im Bürgeramt hatten sie einen Wohnberechtigungsschein beantragt und staunten jetzt zum wiederholten Male über die Aussicht, die sich ihnen bot. Allein diese Aussicht war es wert die Kantine öfter zu besuchen. Sie freuten sich. Lief alles glatt, konnten sie in vier Wochen drei helle Zimmer, Küche, Bad, Balkon in der Alten Jakobstraße, in einem Neubau aus den Siebzigern, nahe der *Berlinischen Galerie* und dem *Jüdischen Museum*, beziehen. Beide hatten keine Lust mehr auf den veränderten Graefekiez, wollten es ruhiger. Vier Wochen später war es soweit. Sie bezogen ihre neue Wohnung. Acht Wochen später fehlte ihnen ihre alte Gegend. Ein halbes Jahr hielten sie es aus ohne ihren alten Kiez, ohne die unzähligen Begegnungen die sie in ihrem alten Kiez gehabt hatten. Anonym lebten sie jetzt, sie kannten niemand, niemand kannte sie. Die Lebendigkeit im Graefekiez, das Chaos um den Kotti, sogar die Billigläden des Kottbusser Damms, fehlten ihnen hier am Rande Kreuzbergs. Nur wenige Fahrradminuten von ihrer alten Gegend fühlten sie sich wie auf einem anderen Stern, wie Blei empfanden sie die Atmosphäre ihrer neuen Gegend. Die Nachbarn sind üblicherweise tagsüber nicht anwesend, wenn sie einen Job haben, Arbeitslose und Rentner verlassen selten ihre Wohnungen, mal zum Einkaufen, den Hund angeleint mit sich führend, Hundekacke ist dort kein Thema, auch der Nachwuchs ist weggesperrt, falls überhaupt vorhanden.

Tristesse am Rande Kreuzbergs, wenige Gehminuten entfernt die Wilhelmstraße, die *Galeries Lafayette* und die anderen neuen Luxusläden in der Friedrichstraße, in der Neuen Mitte Berlins. Die Kochstraße, zur Hälfte in Rudi-Dutschke-Straße umgetauft, auf dass sich Axel im Grab umdreht, das alte Pressezentrum Berlins, einen Steinwurf entfernt, immer noch vom Springer-Hochhaus, in den Sechzigern direkt an der Mauer errichtet, die riesige Reklame für die *Bild* gen Osten auf dem Dach, dominiert.

Die Alte Jakobstraße, endete an der Mauer, schneidet die Oranienstraße. Die Oranienstraße von hinten. Die O., parallel dem Mauerverlauf folgend, bis zum Moritzplatz auf beiden Straßenseiten neubaumäßig gestaltet, wird erst am Moritzplatz zu dem Kreuzberger Multi-Kulti, atmet erst dann das lebendige Flair Kreuzbergs. Der gärtnerisch neu gestaltete Oranienplatz lässt Weite ahnen, im altbauverdichteten Kreuzberg, in dem Gefühl für Weite, nur übertroffen vom in den Achtzigern neu angelegten Görlitzer Park, dem Görli. Sie führt, am SO 36 vorbei, über den Heinrichplatz, bis sie beim Görlitzer Bahnhof, Mannteuffelstraße, wo am ersten Mai 1987 Bolle abfackelte, in die Wiener mündet. Eine Moschee ist heute an der der Stelle, wo damals die Aktivitäten des 1. Mai ausgingen.

C.Zack meidet seit Langem die O., hat keinen Bock auf die von den Provinzlern aller Couleur so geliebte Szene. Für ihn ist der einstige Charme als Folge der Mythenbildung der Achtziger, durch Sightseeing-Marketing ersetzt worden, zur Spielwiese behüteter Kids aus ganz Europa geworden, mit dem jährlichen Höhepunkt am ersten Mai. Hätte man ihm eine Wohnung in der Oranienstraße angeboten, möglichst bei der Luisenstadt Genossenschaft, er wäre ohne zu überlegen mit Ute aus der Gegend um die Alte Jakobstraße in die Oranienstraße gezogen. Niemand bot ihm Vergleichbares an. Mitglied der Luisenstadt, mit der Aussicht auf eine eventuell frei werdende Wohnung, war er auch nicht.

Marie Rolle kam gut zurecht in ihrer Wohnung, nach der Modernisierung. Die Mieterhöhung war im Rahmen ihrer Möglichkeiten geblieben. Sie hatte nicht untervermieten müssen, jedenfalls vorläufig nicht.

13 *Marie Rolle*

Marie Rolle war die Hauswartin und Verwalterin in dem vierstöckigen Mietshaus der Jahrhundertwende am Landwehrkanal. Eigentümer des Hauses war eine Erbengemeinschaft, deren Mitglieder nicht in Berlin lebten. Marie Rolle wohnte mietfrei und erwirtschaftete in der Ladenwohnung im Hochparterre, was sie zum Leben brauchte. Marie Rolle, Falz und Klebearbeiten. Die Hausgemeinschaft bestand in der jetzigen Besetzung zum Teil schon seit zwanzig, sogar dreißig Jahren. Sie selbst war in dem Haus geboren und hatte nie woanders gewohnt. Sie war schon lange geschieden, hatte einen dreißigjährigen Sohn, der in dem Haus auch eine Wohnung hat und zurzeit, die nächsten zwei Jahre, in den USA lebte. C.Zack wohnte solange in dessen Wohnung, auf Vorschlag von Marie, quasi für lau, deshalb konnte sie Ben dort auch problemlos unterbringen, wobei sie lächelte, wenn sie an ihr breites Bett dachte. Überhaupt, die meisten der Mieter waren durch Marie in das Haus gekommen. Sie waren ihr mehr oder weniger zugelaufen. Als Jüngste war Pieke dort eingezogen.

Die hatte weinend am Kanal gesessen, Marie war geradewegs über sie gestolpert. Sie war mit Gypsi, ihrer Terrier Mischlingshündin, auch zugelaufen, mal wieder die Runde um den Urbanhafen gegangen, als sie auf Pieke aufmerksam wurde. Die saß unglücklich hinter Gypsis bevorzugten Pinkelbaum, war nicht zu sehen, sodass Marie in sie hineinlief.

Vierzig war Marie bei ihrer Scheidung, rückblickend hätte sie sich von ihrem Ex ruhig schon früher trennen sollen, fand sie, war aber noch jung genug gewesen, die Trennung als Befreiung empfinden zu können. Jetzt war sie Mitte fünfzig und ihr ging es nie besser als heute. Fürs Herz und fürs Bett hatte es immer mal jemand gegeben, solange derjenige nicht versuchte ihr zu erzählen, wo es langgehen sollte.

14

„Ich bin Sonntag innen Osten eingeladen."
Der das sagte, meinte, zwanzig Jahre nach dem Mauerfall, Ostberlin.
„Vergiss man nicht die Schokolade und die Strumpfhosen", feixte die Vettel im Lottokiosk in der Bürknerstraße. Der Spruchgeber bekam sich bei dieser Antwort nicht mehr ein, er prustete vor Lachen, sein Kopf leuchtete wie ein Halloweenkürbis über seinem Lottotresen. Front-

stadtberliner unter sich. C.Zack machte seine sechs Kreuze, kaufte noch Ziggis, ging zurück zu seinem Stand am Maybachufer. Er fragte sich ob dem Kiosker klar war, dass ein Großteil seiner Kunden die Woche für Woche bei ihm Lottozettel ausfüllten, Zeitungen und Zigaretten kauften, aus den Ostbezirken und Brandenburg kamen, auch Markthändler waren Stammkunden bei dem und bereicherten den Neuköllner Markt genauso gut oder schlecht wie die Westkollegen. Im Gegenzug fanden sich Schöneberger oder Neuköllner Händler im ehemaligen Osten, auf dem Hackeschem Markt in Mitte, dem Kollwitzplatz in Prenzlauer Berg. Die Mauer im Kopf, zwanzig Jahre danach, ist niedriger geworden, noch nicht eingeebnet. C.Zack fiel noch die Ostbraut ein, die zu ihrer Westbekannten nach dem Mauerfall, direkt vor C.Zacks Stand auf dem Maybachufer bemerkte.

„Die könnt ihr jetzt nach Hause schicken, jetzt sind wir ja da".

Sie meinte die Türken, die türkischen Händler des Marktes und die türkischen Kreuzberger. C.Zack beschloss, er würde seinen Lottozettel woanders abgeben. Der Markt am Maybachufer, von den türkischen Kreuzbergern und Neuköllnern schon immer als Bazar bezeichnet, mausert sich. Vor wenigen Jahren noch der Markt des billigen Gemüses und Geheimtipp für günstige Stoffe,

Schneiderei ist noch nicht ausgestorben bei den Türken, der Bedarf an Stoffen, Reißverschlüssen und Kurzwaren ist groß, so ist es immer noch. Heute wird der Markt zunehmend durch Biostände ergänzt. Die jungen Kreativen nutzen nicht nur das große Stoffangebot des Marktes als Kunden, präsentieren ihre Kreationen auch als Händler am Maybachufer. Die Neuen im Graefekiez, Paul-Linke-Ufer, Fraenkelufer und in Kreuzkölln haben den Türkenmarkt für sich entdeckt. Billigstände machen nach wie vor das Gros der Stände aus, zögerlich keimt jedoch Hoffnung unter den Händlern, auch mit Kosten deckender Kalkulation den ruinösen Wettbewerb unter den Anbietern wenigstens zu verlangsamen. Nach vielen Jahren der Abwesenheit gibt es wieder einen Blumenstand, der scheint sich zu halten. Touristen treten wieder öfter auf.

15

In der Bürknerstraße ist die spezielle Neuköllner Mischung, türkischer Bäcker, türkischer Friseur, türkischer Juwelier, deutsche Eckkneipe, Lottoladen, Spätkauf und Leerstand, durch Modelädchen, die ihr eigenes Label betonen, ergänzt worden. Junge Kunst und junge Mode, ebenso wie in der Hobrechtstraße oder der Sanderstraße, im Reuterkiez. Eisläden, neue Kneipen, mit und ohne Kulturprogramm, mit oder ohne Musik, mit oder ohne Lesebühne, bedienen die netten jungen Leute, die inzwischen die Gegend bevölkern. Gleich drei Buchhandlungen haben neu aufgemacht, im Reuterkiez. Noch sind es nicht ganze Straßenzüge, wie im Graefekiez, aber, es wird. Die Weserstraße ist nachts nicht wiederzuerkennen. Hipper geht's nicht. Die Szene ist dabei, sich auszuweiten. Es wird sich wieder amüsiert, in Neukölln, jung und frisch, nachdem jahrelang der Lack ab war. Neuköllner Modedesign etabliert sich nicht nur in den Sommermonaten am Maybachufer.

Richtig, programmmäßig, was los ist in der Neuköllner Oper in der Karl-Marx-Straße und im prächtigen Saalbau Neukölln. Die Konkurrenz, der Festsaal Kreuzberg, der Monarch, das SO 36, alle geben ihr Bestes, nicht abgehängt zu werden, vom vitalen Neukölln. Die Veranstaltungsorte sprießen wie Pilze aus dem Neuköllner Pflaster. Die

Kreativen aus dem Graefekiez zieht es nach Kreuzkölln. Arrivierte drängen nach. Die Folgen sind vorhersehbar.

16

Ute hat Geburtstag, und den wollte sie in der Hasenheide feiern. Der Wetterbericht hatte schönes Wetter angesagt, also beschlossen sie fröhlich Geburtstag mit Picknick in der Hasenheide abzuhalten. Die jährlichen Maientage, traditioneller Rummel in der Hasenheide, waren gerade vorbei, sodass sie auf der Liegefläche zwischen den beiden Hauptwegen ihr kleines Picknick veranstalten konnten. Es goss in Strömen, an diesem Tag. Das Picknick fiel aus.

In der Hasenheide gibt's nicht nur Liegewiese. Eine Schultheisskneipe und das Freiluftkino im Sommer erfreuen sich großer Beliebtheit. Drogendealer aller Couleur gibt's auch. Gelegentliche Razzien stören deren Geschäftstätigkeit nicht wirklich.

Überquert man den Columbiadamm, steht man am Zaun zum Gelände des geschlossenen *Flughafen Tempelhof*. Die riesige Freifläche sorgt für besten Klimaaustausch in den angrenzenden Bezirken. Tempelhof, Kreuzberg und Neukölln entgehen dadurch dem Erstickungstod. Die Eingeborenen und Zugereisten warten schon, ungeduldig, auf Einlass.

Kreuzköllner

17

C.Zack hatte sich in der Simon-Dach-Straße umgesehen. War nichts für ihn. Zwischen und mit den
Jungen und ewig Selbstverliebten wollte er nicht
wohnen, auch nicht wenn die Mieten günstiger gewesen wären. Er verstand warum etliche seiner Bekannten, direkt nach der Wende nach Friedrichs-
hain gezogen, zurück nach Kreuzberg kamen, aber
auch viele der jungen Neuberliner, nur Junge um
sich, war, nicht nur für C.Zack, kaum auszuhalten.
C.Zack fühlte sich heimatlos. Irgendwie wollte er es
schaffen wieder in seinen alten Kiez zu ziehen,
wenigstens an den Kanal. Zur Not auch nach Neukölln.
Graefekiez ist nicht mehr drin für C.Zack, das er-
reichte Mietniveau, und die weiterhin noch zu er-
wartenden Mietsteigerungen, dreißig Prozent
Modernisierungspotenzial sind noch im Kiez drin,
das bedeutet, dass die Kreuzberger mit geringen
Einkommen durch Besserverdiener verdrängt
werden.

18   C.Zack

Schon vor zwanzig Jahren, kurz nach dem Mauerfall, waren Bubi C.Zack die Einzelnen, gelegentlich
zu zweit durch die Straßen streifenden, ältlichen
Männer aufgefallen, die offensichtlich nichts zu tun
hatten; die durch seinen Kiez strichen, sich um-
schauten, gelegentlich stehen blieben, dann weiter-
gingen. Sie waren hier offenbar Fremde, aber keine
Touries. Zonies, dachte er. An ihrer Kleidung waren
sie zehn Jahre nach Öffnung der Stadt nicht mehr
zu erkennen, ihre Körpersprache verriet sie. Und
dann waren da noch die Bierdosen. Die Bierdosen
waren es gewesen, wodurch ihm die Männer aufgefallen waren. Ihm schien es geradezu exotisch,
dass auf den ersten Blick geradezu spießig wirkende
Männer morgens um zehn, mittags, oder am frühen
Nachmittag mit einer Bierdose in der Hand durch
die Straßen spazierten. Die Einzigen, die er bisher
am frühen Mittag Dosenbier trinken sah, waren
Alkis, aber die hatten ihre bestimmten Ecken und
machten keinen auf Sightseeing. Bei dem Anblick
fragte er sich, ob die wohl noch ganz dicht sind.

„Bier trinkend in der Gegend herumzulaufen ist nicht
normal. Entweder saufen oder Gegend anschauen. "

Er saß an dem einzigen Tisch, den der Wirt vor die
Tür gestellt hatte, und trank den dritten Halben. Es

war elf Uhr am Montagmorgen. Er fühlte sich angenehm entspannt. Das letzte Wochenende war für ihn geschäftlich gut gelaufen. Er hatte etliche seiner Gemüseraspeln unter die Leute bringen können, ohne sich die Finger abzuhacken. Am Freitag auf dem Türkenmarkt am Maybachufer weniger, dafür war es am Samstag auf dem Winterfeldtmarkt gut gelaufen, trotz des nasskalten Wetters. Der Verkauf war schwach am Freitag, dafür hatte er Zoff mit dem Marktmeester, der Doofkopp drohte mit ner Abmahnung, Kündigung des Standplatzes, das Firmenschild entspräche nicht den gesetzlichen Bestimmungen, wäre nicht gut sichtbar angebracht und überhaupt, selten vorhanden. C.Zack hielt das Gefasel zunächst für die marktübliche Frozzelei, das kleine Arschloch meinte das aber ernst.

„So bescheuert sollte ich mal sein, mit ner Bierdose durch die Gegend zu laufen", kicherte Bubi C.Zack vor sich hin. *„Eher sitz ich mit ner Rotweinpulle am Kanal."*

Es war einiges los in der Dieffenbach- Straße, wo er saß. Beim Bäcker gegenüber war ständiges Kommen und Gehen. Der Zeitungskiosk war belagert von den Kids der benachbarten Schule. Die beiden, nur zwanzig Meter weiter gelegenen, Kneipen wurden geöffnet, die Tische vor die Tür gestellt. Friseur Fielitz hatte seinen Yorkshire, wie jeden Vormittag, statt ihn Gassi zu führen, vor dem Friseursalon angeleint. Der Fischladen und der

Fleischer hatten ihre Ladentüren offen stehen und der türkische Gemüsehändler hatte den umfangreichen Warenaufbau vor seinem Schaufenster schon vor Stunden beendet und seine Preisschilder, Wilhelmbirne, Feferlinge, Kilo 5 Mak, erfreuten die Kundschaft. Die vom Ökoladen wurden mit ihrem Aufbau gerade fertig, sogar im Tattooladen saß schon Kundschaft, bei den Heilpraktikerinnen waren die Rollladen hochgezogen und die Fenster offen. Lieferfahrzeuge verteilten ihre Waren an die Läden der umliegenden Straßen.

C.Zack bckam gerade seinen nächsten Halben als Johannes auftauchte. Der setzte sich zu C.Zack und orderte dasselbe.

Aufgewacht war er, und er hatte sie mitgebracht, er hatte von Cornelia geträumt, nach all diesen Jahren. Cornelia sah er so deutlich vor seinem inneren Auge, als ob sie neben ihm erwacht wäre. Johannes nahm sich vor Cornelia anzurufen, und vor allem die Aschblonde im Videoladen am Kotti anzubaggern, die er gestern entdeckt hatte. Das teilte er seinem Saufkumpel sofort mit, ficken und besoffen sein, des Johannes Sonnenschein.

19

Der Graefekiez wird im Osten vom Kottbusser
Damm, der Verbindung von Kotti und Hermann-
platz, begrenzt. Im Süden von der Urbanstraße. Die
westliche Begrenzung sind die Baerwaldstraße und
der Komplex des Urban-Krankenhauses. Der
Norden wird durch den Landwehrkanal, das Planufer, auf der gegenüberliegenden Seite, dem
Fraenkelufer, bestimmt. In den Achtzigern zur
Schrittfahrtzone erklärt ist der Graefekiez mit seiner
erhaltenen Bausubstanz, den vielen Bäumen und
nicht zuletzt wegen des Landwehrkanals eine
äußerst angenehme und deshalb auch schon immer
eine beliebte Wohngegend gewesen, mit dem Er-
gebnis, dass die Mieten stetig gestiegen sind, die
Struktur der Anwohner zugunsten der Besserverdiener, und deren studierender Nachkommenschaft
kippte, ein soziales Umfeld auf engstem Raum ent-
stand, das sich krass vom benachbarten Neukölln
unterscheidet. Er wirkt wie ein Magnet, der
Graefekiez, die kleinen Läden, die Restaurants und
Kneipen zaubern zudem das Gefühl entspannter
und friedlicher Lebensart in das Herz des zufälligen
Besuchers. Teile der Körtestraße, der Fichtestraße,
atmen dieselbe Atmosphäre. Gut versteckt, die
Fontanepromenade, parallel zur Körtestraße ver-
laufend, könnte auch in Charlottenburg zu finden
sein. Der Graefekiez in den Siebzigern und Acht-

zigern im Schatten des Mythos SO 36, postalisch zu Berlin 61 gehörend, ruhiger, unaufgeregter und doch direkt angrenzend. Die jährlichen Aktivitäten des 1. Mai erreichten den Kiez nie, endeten am Landwehrkanal und dem Kottbusser Damm. Nach der behutsamen Kreuzberger Kernsanierung in den Achtzigern erfolgt seit der Jahrtausendwende erneut Sanierung und Modernisierung, bevorzugt in den auf den Kanal zulaufenden Straßen Kreuzbergs, aber eben auch Neuköllns.

Immobilienboom in den bevorzugten Lagen. Die Eingeborenen bekamen langsam Bauchgrimmen durch die Veränderung ihrer Nachbarschaft.

Kreuzkölln, auf der anderen Seite des Kottbusser Damms, bezirklich Neukölln, direkt angrenzend, ist im Kommen. Studies, Kreative und die, die sich dafür halten, denen der Graefekiez, aber auch der Wrangelkiez, inzwischen zu teuer ist, sind dabei die Straßenzüge am Neuköllner Kanalufer mit ihrer Anwesenheit aufzuwerten. Noch sind die Mieten dort deutlich günstiger, für Wohnungen und für Ateliers. Die Immobilienhaie sind aber auch dort schon aus den Startlöchern. Etwas tiefer rein nach Neukölln, nicht direkt am Kanalufer, dort, war sich C.Zack sicher, würde er günstigeren Wohnraum finden. Am Maybachufer und am Weigandufer gelang es, die dunklen und verqualmten Berliner Eckkneipen durch junge neue Pächter in helle Räume zu verwandeln. Das Getränkesortiment besteht nicht mehr aus Schultheiss, Futschi und Schnäpsen. Buletten werden nicht mehr angeboten. Das Publikum sind nicht mehr Malocher, die dort ihren Feierabend begießen. Die sind schon vor den Eckkneipen ausgestorben. Wie in den angesagten Ecken Kreuzbergs sind es die jungen Optimisten zwischen zwanzig und dreißig. Junge Mütter können dort mit ihrem Nachwuchs, ohne angemacht zu werden, ihren Latte schlürfen, nur eben billiger und weniger stylish als in Przlberg und anderswo. Ecke Lohmühlenbrücke gibt's einen Skateplatz, gegenüber einen neuen Spielplatz, direkt neben dem Kanal-uferweg. Der Weg erhielt neue schmiedeeiserne Geländer, richtig edel geht's hier inzwischen zu. Mithilfe des Quartiermanagements, so wie politischen und privaten Engagements wurden etliche Hauseigentümer und Hausverwaltungen überzeugt den weit verbreiteten gewerblichen Leer-stand durch befristete Mietverträge, auf Basis der Betriebskosten, an Interessierte zu vermieten. Neu-kölln fördert durch sein Kulturamt vielfältig Künstler.

Die *48 h* von Neukölln haben sich zu einem be-liebten Kulturtermin des Bezirks entwickelt. Wo noch vor Kurzem über das Vorhandensein einer Parallelgesellschaft geklagt wurde, gemeint war der Teil der Neuköllner Bevölkerung, dessen Festhalten an seiner kulturellen Herkunft nicht den Er-wartungen entspricht, wird heute im Detail ver-sucht, die soziale Struktur zu verändern. Eine Jahr-hundertaufgabe am Anfang des neuen Jahrtausends. Die Moschee am Columbiadamm beeindruckt nicht nur, sie zeigt den Einfluss und die Bedeutung jener Bevölkerungsteile, die Neuköllns heutiges Gesicht sind, genau wie in Kreuzberg.
Angefangen wird in den Schulen, allerdings nicht freiwillig, oder aus vorausschauender Einsicht, erst als die Lehrerschaft der Rütlischule öffentlich die

Lehr- und Lernbedingungen anprangerte, änderte sich einiges. Der Campus Rütli entsteht.

21

Auf seinem Gang durch Kreuzkölln kam C.Zack in Ecken, wo Ute keinesfalls hinziehen würde. Die Prolls im üblichen lilafarbenen Jogginganzug, mit angeleinten Pittbulls, immerhin angeleint, Goldkettchen geschmückt, zeigten ihm wie sich das Leben in Neukölln immer noch anfühlt.
Trotzdem, an einem Sonntag stand er mit Ute und dutzender Anderer vor einem Haus in der Hertzbergstraße. Alle warteten auf das Eintreffen des Maklers. Etliche sprangen wieder ab, weil die Wohnung verwohnt und unrenoviert, zu dunkel, durch ein Berliner Zimmer schlecht geschnitten war, oder sonst wie nicht den Erwartungen entsprach. Ute und C.Zack konnten sich die Wohnung renoviert vorstellen. Die Wohnung war ihnen hell genug, lag im ersten Stock, hatte einen großen Balkon, achtzig Quadratmeter, drei und ein halbes Zimmer. Das Berliner Zimmer störte sie nicht, im Gegenteil, es verhinderte, dass die Wohnung auch für Wohngemeinschaften interessant war, und sie war bezahlbar, schnell unterschrieben sie den Mietvertrag.

Die kurze Hertzbergstraße führt zum Richardplatz, dem Zentrum des alten Rixdorf, dem böhmischen Dorf, mitten im heutigen Neukölln, mit alter Schmiede, niedrigen Häusern. Nach wenigen Hundert Metern ist man auf der Karl-Marx-Straße, südlich, die Sonnenallee, Hertzbergplatz, die Treptower weiter, ist man in wenigen Minuten am Neuköllner Schifffahrtskanal.. Gegenüber schon das Kiehlufer in Treptow.

Von der Treptower Brücke kommt man zum Maybachufer, Planufer und dann zum Urbanhafen. Der Fußweg, längsseitig zum Kanal, von der Straße durch eine mannshohe Hecke getrennt, ist nicht einsehbar. Schnell erreicht man eine Fußgänger-brücke. Auf der anderen Seite ein Discounter, der ist zwar nicht der billigste in Neukölln, dafür weit und breit in dieser Ecke der Einzige. Am Kanalweg sind in unregelmäßigen Abständen alte Holzbänke. Eine steht am Fuß der Brücke, am Weigandufer. Es ist ein Treff der Alkis.

Bubi C.Zack, auf der Holzbank am alten Neu-köllner Schifffahrtskanal sitzend, schmunzelte in sich hinein, als er daran dachte, wie er vor Jahren mit seiner ausgeleierten Schlafhose kämpfte, während er versuchte aus Eiern, Tomaten und Zwiebeln ein Omelett zusammenzuschütten, an dem Tag, an dem Marie Benni ins Haus brachte.

22

Bubi C.Zack, der Mann, der überall reinkommt, fingerte an seinem Hosenbund. Er war fast am flennen. Die Hose des Schlafanzugs rutschte, genauer, sie hing ungefähr auf halber Höhe zwischen Kniekehle und Arschbacke, und auch das nur, weil er mit weit gespreizten Beinen, in Hockstellung, die Hose mit der linken Hand wieder einige Zentimeter hochziehend, vor dem Herd stehend, mit der Rechten die Pfanne haltend und sich bemühte aus Eiern, Zwiebeln und Tomaten so etwas wie ein Omelett, mit der ihm eigenen Technik, zusammenzuschütten.

Marie Rolle war mittelgroß, hatte kurz geschnittene, dunkelblonde Haare, kräftige muskulöse Beine, die durch den kurzen Rock noch betont wurden, aber durch die unauffälligen Farben ihrer Kleidung nichts Herausforderndes hatten. Marie erstieg die Treppen zum vierten Stock. Ben folgte ihr dicht genug, um die Bewegungen ihres Hinterns genau betrachten zu können. Die kräftigen Oberschenkel rieben sich im Schritt aneinander. Eigentlich hätte sie es lieber, wenn Ben vor ihr ginge, aber da standen sie schon an der Tür von Bubi C.Zack.

„*Wer ist das denn?*" platzte C.Zack heraus und blickte auf den Schwarzen.

„*Das ist Benni, er zieht übers Wochenende in das hintere Zimmer.*" sagte Marie, ließ beide stehen, und stieg die Treppen wieder runter.

Kurzes, 60er Jahre-Mäntelchen in dunklem Blau, schwarze Stoffhose, dunkler Rolli, freche kleine Schirmmütze aus braunem Leder, sah der aus, als sei er ausgezogen, alle Marien dieser Welt zu erobern. „*Kannst mit mir essen, wenn du willst*" raunzte C.Zack, nachdem er Ben das hintere Zimmer gezeigt hatte.

23

Fast Frühling, hier am Kanal, es grünte, war deutlich wärmer geworden, der Winter war vorbei, was fehlte, war die Änderung in der Atmosphäre. Ein, zwei Grad fehlten noch, und sie würde spürbar sein, die Rückehr des Frühlings. C.Zack liebte den Frühling, je länger der Winter war, so ungeduldiger wurde er. Diesmal war der Winter besonders kraftvoll gewesen, schön und sehr kalt. C.Zack freute sich. Die neue Wohnung und das Zusammenleben mit Ute, der nahe Frühling. Er schmiss seine Kippe in den Kanal, ging über die Brücke zum Discounter. Fünfzehn Minuten dauerte es, bis er wieder auf der Bank saß, sich erneut eine anzündete. Während er kurz drüben auf der Treptower Seite war, hatte sich einer der Alkis bei der Bank eingefunden. Der stand am gusseisernen Geländer. Misstrauisch beäugte er C.Zack.

„Haste mal ne Kippe?"
C.Zack gab ihm eine. Das Misstrauen war wie weggeblasen.

„Wo kommste her?"
„Richardplatz"
C.Zack war vorsichtig, wollte nicht sofort seine genaue Anschrift sagen.

„Wohnste da?" Sein neuer Bekannter setzte sich zu ihm auf die Bank.

"Ja, und du?"
„Am Helmholtzplatz".
„Aha, zwischen all den schicken Leuten im Prenzlauer Berg"?
„Ja, ich bin der letzte Schluckspecht am Helmholtzplatz."
„Und, was machste hier? is nicht gerade um die Ecke".
„Wollt nen Kumpel besuchen, der hängt hier rum, kommt vielleicht noch."
„He Keule".

Sie wurden unterbrochen. Der Kumpel war da, hatte noch zwei im Schlepptau, einen mit Schäferhundmischling.

Es war eng geworden auf der Bank, ein Rohr kreiste, C.Zack wurde schlecht durch die Schnapsfahnen, die ihm von beiden Seiten ins Gesicht schlugen. Neben ihm, der vom Helmholtzplatz, fühlte sich auch sichtlich unwohl durch die Begleiter seines Kumpels, der schien sehr an dem Schnaps der beiden interessiert, mehr als an der Gegenwart seines Kumpels. C.Zack zog es vor, zu gehen. Wenige Meter weiter holte ihn der vom Helmholtzplatz ein. Hinter ihnen brach aufgeregtes Geschrei aus, der Schäferhundmischling bellte, jaulte dann erbärmlich. Sie rannten zurück. Der Kumpel des vom Helmholtzplatz lag mit blutig geschlagener Nase neben der Holzbank. Die beiden anderen waren samt Köter verschwunden.

Bernd jammerte vor sich hin, so hieß der Kumpel.

„Drecksäcke, die haben mich abgezogen, den Scheiß Köter auf mich gehetzt."

Sie gingen zur nächsten Pinte, der Vorschlag kam von C.Zack, Ecke Weserstraße, setzten sich an den Tresen, bekamen Flaschenbier, Bernd noch nen Schnaps, alles auf C.Zack s Rechnung.

„Warum biste hier, Ulli?", fragte Bernd den vom Helmholtzplatz.

Ulli wollte bei Bernd unterkommen, warum, blieb unklar, er sprach nebulös von Ärger. Aha, deshalb der Bundeswehrrucksack, vermutlich mit seiner gesamten Habe, den Ulli dabei hatte. Bernd schwieg zunächst.

„Geht nicht. Zum Ersten muss ich raus",
erwiderte Bernd zögernd,
„die Arge zahlt meine Bude nicht mehr".
Alle drei schwiegen.
„Das ist ja schon morgen".
C.Zack sah betroffen aus der Wäsche.
„Ja", Bernd zuckte mit den Schultern.
„Ist ja demnächst Frühling, kein Problem."
„Na denn; dann gehn wir gemeinsam auf Trebe".
Ulli schien irgendwie erleichtert. C.Zack verstand ihn, lieber zu zweit unter die Brücke, mit jemand

den man kannte, als sich allein durchschlagen. Zu zweit war die Überlebenschance besser, dass nicht dasselbe passierte wie Garten-Paul, der hieß so weil er es vorzog, in leer stehenden Lauben zu nächtigen, der war vor Wochen zusammengetreten worden, lag jetzt im Krankenhaus Neukölln. C.Zack spendierte noch eine Runde, verabredete sich für den nächsten Tag mit den beiden an der Brücke, verabschiedete sich, machte sich auf den Weg zu Ute in die Hertzbergstraße.

Ute war fertig mit ihren Angelegenheiten, strahlte als C.Zack reinkam, zerrte ihn aufs Bett und stöhnte wenige Minuten später voller Wolllust, so sehr, dass C.Zack, wie schon öfter, kurz davor war, ihr den Mund zuzuhalten. Ihre Lust überwältigte ihn jedes Mal erneut.

„Wie war dein Tag, was gibt's Neues, Süßi“?
C.Zack zögerte,
„Ich hab zwei neue Bekannte“,
Er zögerte erneut,
„Die brauchen ne Bleibe.“
„Du willst die bei uns unterbringen, für wie lange?“
„Keine Ahnung, das kann dauern.“

24

C.Zack war am nächsten Tag früh bei der Brücke. Er war nicht der Erste. Die Schnapspulle kreiste schon in einer Dreierrunde. Er setzte sich etwas abseits, zündete sich eine Ziggi an, dachte an Johannes, den Abschied von einem den er seit über dreißig Jahren kannte. Johannes war Mitte der siebziger Jahre nach Kreuzberg gekommen, wie er auch. Sie hatten die Oranienstraße noch als normale

Geschäfts- und Wohnstraße erlebt, zu einer Zeit, wo im Winter der Braunkohlegeruch über Kreuzberg hing, der Gestank der Kaffeerösterei in der Prinzenstraße, abhängig von der Windrichtung, die Luft um den Moritzplatz, den Oranienplatz würzte.

Sie hatten den politischen Berliner Sumpf, die Hausbesetzungen und die politischen Veränderungen erlebt. Zu der Zeit hatte der damalige Senat in den alten Bundesländern mit dem Slogan, Berlin ist durchgehend geöffnet, geworben. Gemeint war das Fehlen der polizeilichen Sperrstunde. Johannes konnte zu jeder Tages und Nachtzeit in irgendwelchen Kneipen Gespräche führen, das tat er ausgiebig. C.Zack hatte damals nicht nur Johannes, sondern auch die meisten der Anderen, die bei Marie zum Essen waren, kennengelernt. Der Kontakt zwischen Ihnen war nie abgebrochen, wenn auch das exzessive Politisieren, außer bei Johannes, aufhörte. *Keine Macht für Niemand,* dachte der weiterhin. Zu der Zeit bewohnte jeder eine Kammer unterm Dach in der Dresdenerstraße am Oranienplatz. Das Bezirksamt Kreuzberg hatte sie ihnen als Wohnung vermietet. Die Kammern besaßen eine stabile Wohnungstür, durch die man zunächst in einen kleinen Vorraum trat, bevor man die eigentliche Kammer betrat.
Ein Handwaschbecken, ein Elektropüster als Heizung, war die Ausstattung. Eine Elektroplatte

zum Kochen. Das Außenklo auf dem Treppenpodest teilten sie sich. Die Mieten waren sehr gering. Johannes zahlte zwanzig Deutsche Mark, C.Zack vierundzwanzig, für etwas mehr Platz. Als C.Zack bald wieder dort auszog, konnte sich Johannes auch die freigewordene Kammer leisten. Es waren Schlafkammern, ein Bett, ein Schrank, gingen rein, für einen Schreibtisch reichte es nicht. Johannes, dauernd unterwegs, war zufrieden. Die Nächte verbrachte er meistens in der *Stiege,* im Schatten der Mauer. Eines Nachts gegen vier Uhr morgens wurde C.Zack durch Gerumpel und Geschrei über seiner knapp zwei Meter hohen Kammer aus dem Schlaf gerissen. Er öffnete die Dachluke, sah hinaus, erblickte Johannes auf dem Dach, wild schreiend. Der war aus der *Stiege* kommend, besoffen aufs Dach geklettert, des besseren Ausblicks wegen, und traute sich nicht mehr runter. C.Zack holte ihn, wie die Feuerwehr die Katze vom Baum, vom Dach wieder runter. C.Zack war auch gern in der *Stiege,* die von Achmed und seinen Brüdern betrieben wurde, Spaghetti überbacken, arabisches Fladenbrot, im Ofen zu einer warmen Kugel gequollen, aß er am liebsten bei den Palästinensern. Die hatten es nicht leicht in der Anfangszeit, mussten den Kreuzberger Rockern erst mal klar machen, dass die ihre Biere auch zu zahlen hatten. Abends, in der *Stiege,* Spaghetti überbacken, mittags saß er gerne, schräg gegenüber, im

Max und Moritz, bei Bratkartoffeln mit Spiegelei. Ein anderes Mal gelang es C.Zack, nur mit Mühe, Joh zurückzuhalten, den Tunnelschacht der U-Bahn zwischen Nollendorfplatz und Kurfürstenstraße, des Nachts, zwischen zwei Zügen zu Fuß zu durchlaufen, der wollte in seinem besoffenen Kopf das Schicksal herausfordern. U-Bahn Roulette.

25

C.Zack qualmte inzwischen die Dritte, als Bernd und Ulli auftauchten. Zu dritt machten sie sich auf den Weg zu Ute.

Ute gab sich reserviert, Bernd und Ulli waren unsicher, verlegen, wussten nicht, ob sie auch willkommen waren. C.Zack hatte angedeutet, das die Möglichkeit bestünde bei ihm und Ute unterzukommen. Das war jetzt so etwas wie ein Bewerbungsgespräch für die Beiden. Sie fühlten sich nicht gerade wohl in ihrer Haut, mit ner Gräfin am Küchentisch zu sitzen war nicht gerade alltäglich. *„Kein Alkohol, kein Alkohol in der Wohnung,"* Ute begann sofort die Bedingung für einen vorübergehenden Einzug anzusprechen. Ute hatte sich informiert, die Art und Weise wie sich ihr Trinkverhalten in den letzten Jahren verändert hatte, das Beispiel von Johannes, machten ihr in letzter Zeit Angst. Sie hatte mit Marie Rolle gesprochen. Die hatte ihr geraten, wenn sie wirklich aufhören wolle zu trinken, müsse sie Alkohol radikal aus ihrem Leben und ihrem Alltag verbannen. Eine alkoholfreie Wohnung war der Anfang.

„Und bei Besuch? Was anbieten?", hatte C.Zack gefragt. *„Der Besuch, den ich hier gern sehe, kommt wegen uns, und nicht wegen des Alkohols. Besoffene oder Angetrunkene will ich hier auch nicht sehen."*

C.Zack hatte das akzeptiert. Er brauchte eh keinen Alkohol, um über den Tag oder die Nacht zu kommen. Im Gegenteil, ihm stank schon lange das ritualisierte Saufen früherer Zeiten, das brauchte er nie, genoss das nüchterne Zusammensein mit Ute, mit Kerzenschein, ohne Rotwein. Abgesehen davon vertrug sein Job es überhaupt nicht, wenn er verkatert und womöglich mit Restalkohol im Blut, seinen Kunden eine Bier- oder Schnapsfahne ins Gesicht blasen sollte.

Bernd und Ulli waren einverstanden. Ulli stellte seinen Rucksack, der enthielt tatsächlich seine gesamte Habe, zunächst mal in das halbe Zimmer. Bernd wollte in den nächsten Tagen das Notwendigste holen. Wo er mit seinen wenigen Möbeln hin sollte, wusste er noch nicht. Nachdem die Frage der Hausordnung geklärt war, beschlossen die Männer zu Bernds Wohnung zu gehen und zu überlegen, wie die Auflösung erfolgen sollte.

Ute wollte mit ihrem Fahrrad zu Marie, begleitete die Männer noch bis zur Fußgängerbrücke, fuhr dann am Kanal weiter in den Graefekiez, zum Urbanhafen.

26   *Urbanhafen*

Der Urbanhafen, am Landwehrkanal in Kreuzberg, zwischen Baerwaldbrücke und Admiralbrücke, mit der Liegewiese des Urban-Krankenhauses auf der Nordseite und dem Böcklerpark auf der Südseite, ist im Sommer die Erweiterung des Prinzenbades, zwar in Gesellschaft, aber ohne Kleinkinder, ohne Heranwachsende, ohne Kachelarchitektur der Siebziger, ohne Bademeister, bevorzugen.
Die auf der Südseite blicken auf sieben idyllisch erscheinende Trauerweiden am Wasserrande des schmalen Grünstreifens namens Böcklerpark. Heben sie leicht den Blick, gibt es nur noch die Randbebauung der Skalitzer, Betonburgen. Die auf der Nordseite blicken unweigerlich auf den grauen Klotz namens Krankenhaus am Urban, ohne Trauerweiden, stattdessen gibt es einige kleinwüchsige Bäume, die nach Fertigstellung des Urban in den Siebzigern an der Uferböschung gepflanzt wurden.
Nach Ende eines unweigerlich grau und tristen Kreuzberger Winters, kaum dass das erste Grün zu sehen ist, die ersten Sonnentage das Thermometer sich zumindest kurzfristig der 20 Grad Marke nähern lässt, geht es vorm Urban zu wie auf Usedom am Ostseestrand, bloß ohne Strandkörbe und Möwen, statt dessen mit Hunden aller Rassen und Mischungen, und, bis zu hundert Schwänen.

Kreuzberger, zumeist deutsch und neu in Berlin. Selbstbewusst ignorierend, dass sie sich auf, in der Hundewelt äußerst beliebtem, Boden befinden, bevölkern die Wiese vorm Urban, während, auf der von drei ihrer fünf Sitzstreben befreiten Parkbank, die dort Sommers ansässigen Penner sich des Pfandgeldes wegen, um die leeren Bierflaschen streiten. Die dort ankernden Schiffe sind beliebte, gastronomische Staffage des Urbanhafens. Die Van Loon gibt's dort seit den Achtzigern, mit inzwischen zwei hölzernen Plattformen für die Kundschaft. Das Theaterschiff gammelt wegen ungeklärter Eigentumsfragen seit Jahren vor sich hin, Graffiti verziert, mit eingeschmissenen Scheiben. Die Iskele ist nach wenigen Jahren als Fischrestaurant, ausgebrannt. Die Ausflugsdampfer der am Planufer ansässigen Reederei ankern auch dort, überwintern im Urbanhafen.

27

An der Admiralbrücke stoppte sie. Der Frühling hatte den Treffpunkt der Jungen neu belebt. Sie saßen auf den Pollern und genossen die Aprilsonne. Es war eine freundliche, entspannte Stimmung auf der Admiralbrücke. An der Fußgängerbrücke, in Neukölln, war es fünf Fahrradminuten zuvor weniger idyllisch gewesen. Neben der alten Holzbank stand mittlerweile ein versifftes altes Sofa. Müll und leere Pullen dekorierten die Gegend, die Schnapspulle kreiste. Aber auch hier war Frühling und alles friedlich.

Marie war noch nicht zu Hause als Ute eintraf. Ute setzte sich zunächst vor die Tür und dachte daran, dass sie es Marie zu verdanken hatte, mehr über C.Zack zu wissen, als der von sich preisgab. Es war C.Zack gewesen der Marie vor Jahren aus der unerfreulich gewordenen Ehe mit ihrem Ex geholfen hatte. C.Zack hatte, als sie ihren Ex, wegen dessen Sauferei, endlich, vor die Tür setzte, dafür gesorgt, durch ein Gespräch unter vier Augen, dass der sich nicht mehr in ihre Nähe traute. Die Erfahrung mit ihrem Ex hatte dazu geführt, dass Marie zukünftig keine Beziehung mit standesamtlichem oder kirchlichem Segen mehr einging. Marie hatte ihr erzählt, dass C.Zack vier Halbgeschwister hatte, alle hatten einen anderen Vater, die Mutter lebte unverheiratet in einer Kleinstadt in Franken, ohne Kontakt zu C.Zack. Der war mit vierzehn Jahren von zu Hause weg, hatte mehrere Lehren abgebrochen, war nach wilden Anfangsjahren in der Provinz, in denen er reichlich Erfahrung in den unterschiedlichsten Jobs sammelte, nach West-Berlin gekommen, auch, um dem Bund zu entgehen, war hier politisch, aber nie zum Arschloch geworden.

Es hatte einige Zeit gedauert, bis Marie Vertrauen zu Ute, Gräfin Rollberg, gefasst hatte, nach und nach hatte Ute auch über die Anderen einiges erfahren, über Bruno und Evi, dass sie sich in der Entgiftung im Urban kennenlernten, über Jellinek, dass der Philosophie studiert hatte, davon lebte, nachdem seine Eltern ihm Geld und sonstige Unterstützung strichen, dass er sein Geld mit Taxi fahren verdiente, ansonsten im Elfenbeinturm der Philosophie gefangen war, über Pieke, dass die vor allem damit zu tun hatte rauszukriegen, was ihr gut täte, dass die einen erfolgreichen kleinen Bruder hatte, der sich ihrer schämte, einen Vater der schon lange aufgehört hatte sich über das Leben seiner Tochter Gedanken zu machen, eine Mutter, die hilflos an der Seite ihres verständnislosen Mannes lebte. Seit Pieke nicht mehr trank, waren die Katastrophen des Suffs ausgeblieben, die Schwierigkeiten ihres täglichen Lebens hatte sie langsam, über Jahre trockenen Lebens, einigermaßen lösen können, immer wieder gequält von Selbstzweifeln. Über Finn wusste Marie am wenigsten, der hatte eine Weile mit Sarah in einer der letzten Ofenwohnungen am Zickenplatz zusammengelebt.
Auch Sarah und Finn hatten sich genau wie Bruno und Evi in einer Selbsthilfegruppe für Trockene kennengelernt. Nach der Trennung sah man Finn nur noch selten. Marie wusste nichts über seine Vergangenheit, nur, dass er, seit er trocken ge-

worden ist, in der professionellen Suchthilfe arbeitet. Finn trennte sein Gruppenleben konsequent von seinem Privatleben, dass er an Maries Essen teilnahm, war schon außergewöhnlich für ihn gewesen. Sarah war freiberuflich Fotojournalistin, meist viel unterwegs, und hatte, seit sie nicht mehr trank, ein gutes Verhältnis zu ihren Eltern und Geschwistern. Sie lebte allein, aber nicht einsam, in Schöneberg, ihr ging es gut.

28

Bis Marie endlich kam, hatte Ute inzwischen reichlich mitbekommen, wie sich der Kiez inzwischen weiter verändert hatte. Sie saß auf der Bank gegenüber dem Liegeplatz der Van Loon. Dass jetzt zu Beginn des Frühlings schon reichlich Betrieb auf dem Uferweg war, auf der Liegewiese vor dem Urban-Krankenhaus, war ihr nicht fremd, es schien ihr aber, das es wesentlich fremdsprachlicher zuging im Urbanhafen, als noch vor einem Jahr. Es schien ihr überwiegend englisch, amerikanisch, sehr viel spanisch und französisch, auch polnisch, kaum deutsch, wenig türkisch, von den Kreuzbergern im Urbanhafen gesprochen zu werden. Sie mochte eigentlich diese Vielfalt, in diesem Augenblick aber, auf der Bank, beschlich sie das Gefühl, ausgeschlossen zu sein, sie freute sich, mit C.Zack von hier nach Neukölln gezogen zu sein, das war ihr hier alles zu hip geworden. Sie umarmte Marie, als diese endlich auftauchte, statt in Maries Wohnung zu gehen, setzten sich beide auf die Terrasse der Van Loon, wo sie stinknormalen Kaffee bestellten. Ute berichtete von C.Zacks Plan, davon, dass Bernd und Ulli zu ihnen ziehen sollten, und dass sie sich nicht wohl dabei fühle, zwei ihr Fremde, die ein Alkoholproblem hatten, bei sich einziehen zu lassen.

„Lass es sein, das kann nicht gut gehen, für keinen von euch, weder für die zwei Alkis, noch für Euch", Marie war besorgt.

„Ihr seid relativ kurz als Paar zusammen, du willst gerade erst mit dem Trinken aufhören, ihr könnt die Beiden nicht trocken legen, die brauchen professionelle Hilfe, aber vor allem würde es eure Beziehung sehr belasten, ihr braucht eure neue Wohnung für euch. "

Ute war erleichtert. Marie sprach aus, was sie gedacht hatte. Sie wollte mit C.Zack alleine in der Wohnung leben, als Paar, sie wollte nicht irgendwelche Penner zu sich aufnehmen. Sie schämte sich einerseits ihrer Gedanken, andererseits hatte sie schlechte Erfahrung damit, jemand von der Straße aufzunehmen, bei sich wohnen zu lassen, und dann Schwierigkeiten zu haben, denjenigen wieder loszuwerden. Es war noch gar nicht lange her, dass sie nen Kerl aus der Kneipe mitgenommen hatte, für nur eine Übernachtung, der war dann wochenlang geblieben, hatte sich bei ihr durchgefressen, sie beklaut, versucht sie zu vergewaltigen. Das war nicht nur einmal passiert. Zugegeben, jetzt war die Situation eine Andere, Schiss hatte sie trotzdem. Unerwartet stand C.Zack vor ihrem Tisch.

„Ich will nicht das die Zwei bei uns einziehen," platzte er ohne Begrüßung heraus.

„Was ist passiert?"

„Ich war in der Wohnung von Bernd. Die ist vollkommen versifft. Müll türmt sich überall, es stinkt, da liegen Essenreste, Ungeziefer, leere Schnapspullen in den Ecken, es ist viel schlimmer als ich erwartet habe, der ist viel tiefer im Suff, als er äußerlich vermuten lässt. Der braucht nicht nur ein Dach über dem Kopf. Das krieg ich nicht hin, und du auch nicht. Ich hab dem schon gesagt, dass es doch nicht geht, wir machen doch kein Asyl auf. Der Ulli will dann auch nicht kommen, der hat seinen Rucksack schon wieder aus unserer Wohnung geholt. Gut geht es mir damit nicht, aber ich muss an uns denken, aus Mitleid einfach jemand aufnehmen, ohne wirklich helfen zu können, ist Bullshit. Ich hab ihnen die Adressen professioneller Hilfe genannt, ihnen angeboten mit ihnen da vorbeizugehen. Die kennen die Adressen schon, die haben keine Lust da hinzugehen."

Er zuckte mit den Schultern.

„Scheiße, ich mit meinem Helfersyndrom."

Marie lächelte.

„Zu helfen ist nicht Scheiße, aber ich weiß, was du meinst, war wohl etwas unüberlegt, zu voreilig, dein Angebot, bei euch einzuziehen."

C.Zack setzte sich endlich an den Tisch zu Ute und Marie, ergriff Utes Hand und blickte traurig vor sich hin.

„Du hast keinen Grund so traurig aus der Wäsche zu schauen", begann Marie erneut.

„Du weißt doch, es gibt keine hoffnungslosen Fälle."
„Solange man sich noch nicht den letzten Rest seines Ver-
standes weggesoffen hat", grummelte C.Zack vor sich
hin.

„Jedenfalls besteht immer die Möglichkeit, dass Bernd
professionelle Hilfe annimmt, und auch für Ulli. Du weißt
doch, jeder bestimmt seinen persönlichen Tiefpunkt selbst, bei
dem Einen reicht schon der Ärger mit der Ehefrau, bei dem
anderen Ärger im Beruf, der Dritte macht solange weiter, bis
er unter der Brücke landet oder weggesperrt wird, oder elendig
verreckt. Solange man sich einreden kann, dass alles halb so
schlimm sei, geht immer noch was, einer geht noch. Ohne
Leidensdruck wird selten was geändert, nicht nur bei Alkis.
Denk an Jellinek, der hatte sich fast totgesoffen, bevor er
noch die Kurve bekam."
„Ich denk im Augenblick eher an die Hoffnungslosen, an
Johannes, der trotz aller angebotenen Hilfe, die Kurve nicht
bekam."
„Ja, Johannes," erwiderte Marie ruhig,
„Johannes konnte nicht mehr sehen, wie weit er sich schon
runtergesoffen hatte."
Die drei schwiegen.
„Wie mein Bruder", sagte Ute leise.

Marie und C.Zack schauten sie fragend an. Von
einem Bruder wussten sie nichts.
Sie wussten von einer Schwester, die mit ihren
Eltern in Holstein wohnte, einen Bruder hatte Ute
nie erwähnt.

„Der sitzt in Neustadt in der Psychiatrie, der wurde weggesperrt."
Marie und C.Zack atmeten tief durch. Es ist Frühling im Urbanhafen, die Sonne scheint auf die Terrasse der Van Loon, umgeben von fröhlichen Gesichtern, sitzen die Drei eng umschlungen vor ihren Kaffeetassen, Ute schluchzt leise vor sich hin.

„Was ist denn mit euch los?"
Benni stand vor ihnen und strahlte über das ganze Gesicht, so sehr, dass die drei ihren Kummer vergaßen.

„Wo kommst Du denn her?"

„Vom Bahnhof, ich fang hier Morgen in ner Werbebude an, als Praktikant."

„Und wovon willst du leben?"

C.Zack war noch immer schlecht drauf.

„Inner Kneipe jobben. Ich brauch bloß noch ne Bleibe."

„Bei uns ist gerade was frei geworden", murmelte C.Zack.

Marie lachte und Ute schloss sich ihr an.

„Wo wohnt ihr denn jetzt? Noch in der Jakobstraße?"

„Nee, Kreuzkölln, naja, ist schon noch Neukölln, Nähe Weigandufer, am Kanal."

„Ist doch Klasse, ich zieh ein."

Alle lachten.

Kurze Zeit später tauchten auch noch Evi und Bruno auf, samt der Zwillinge.

„Familienausflug zum Urbanhafen", witzelte C.Zack.

„Ja, wir wollen wieder herziehen, Lankwitz ist nichts für uns."

29

Grauer, regnerischer Wochenbeginn am Montag. Eine Nebelkrähe jagt Tauben zur Radiomusik von Oasis. Katzenstreu wird knapp. make business. KGB Putin ist gewählter Nachfolger von Wodka Boris. Kein Oscar für Wim, wasn Pech auch. American Beauty erhält fünf Oscars als bester Film des Jahres. Bruno und Evi sehen das anders. Daimler Chrysler globalisiert weiter. T-Online an der Börse, demnächst. Einsetzung eines Untersuchungsausschusses in Londonderry, zum bloody sunday vor 28 Jahren. Sechs Arbeiter bei Staubexplosion in Kreuzberg verletzt, einer lebensgefährlich. Zwei Stunden später waren sie vom Fraenkelufer zum Potsdamer Platz gefahren. Bruno hatte Evi dort in eins der Lokale zum Essen einladen wollen, mal nicht im alten Kreuzberg, sondern in Daimler City oder im Sony Center. Sie waren durch Berlins Metropolis spaziert und landeten bei Mcdonald. Bruno, neben Evi am Bestelltresen stehend, überließ ihr die Auswahl, reagierte unwirsch auf die Frage des Servicepersonals, was er denn wünsche, fühlte sich plötzlich unwohl in dem Laden, bekam von Evi zu hören, wie das heutzutage so läuft, er sagte, sie solle ihn nicht Vollquatschen und die Stimmung war im Arsch.

Sie fand er habe sich im Ton vergriffen. Er wollte keine Belehrungen. Anschließend waren sie am Südstern in einem Stehimbiss gelandet, dem allerletzten Pissladen im Körtekiez, wie Evi meinte.

An diesem Montag versuchten sie es seit vier Monaten miteinander.

Das ist lange her, Bruno und Evi, inzwischen verheiratet, mit den Zwillingen und dem Familienhund fallen sie in Lankwitz nicht auf. Eine funktionierende Kleinfamilie, auf den ersten Blick.

Bruno grinste, als er in die verblüfften Gesichter der Anderen sah.

„Wir haben uns schon ne Wohnung am Weigandufer angesehen."

Das nun losbrechende Gelächter hätte die Mauer zum Einsturz gebracht, wenn sie noch gestanden hätte.

„Willkommen im angesagten Neukölln",

sagte C.Zack, als er wieder Luft bekam.

Johannes saß derweil auf seiner Wolke, ne Bionade statt Becks in der Hand, und wünschte, bei ihnen zu sein.

30

Nach dem Essen fuhr Finn mit seinem bike nach Hause. Sarah blieb noch bei Marie. Pieke hatte den ganzen Abend mit Benni geredet und blieb auch noch, wie Jellinek. Johannes wollte in die Kneipe, nach C.Zack schauen, der nicht gekommen war und wahrscheinlich mit Gräfin Ute im *Rizz*, Ecke Grimm, ein, wie er es nannte, gepflegtes Bier trank, sich darüber amüsierte, dass es nach dem Verschwinden der Bierdosen schick geworden war, mit ner geöffneten Bierflasche in der Gegend herumzulaufen. Diesmal waren es weniger die ältlichen, wie nach der Maueröffnung, mehr die jungen, Lifestyle geprägten. Becks Gold war viel unterwegs, sah für

C.Zack wie in Flaschen abgefüllte Pisse aus, ohne den Schaum des Zapfbieres.

Wechselnde Betreiber hatte das *Rizz* in den vergangenen dreißig Jahren kaum gehabt, Alois schmiss inzwischen über zwanzig Jahre den Laden. Der Name war bis auf eine kurze Zeit, wo es sich *Fritz* nannte, immer geblieben. Das *Pow Wow* gegenüber gibt's auch schon ewig. Um die Ecke in der Dieffenbach waren im Laufe der Jahre die Feinbäckerei, der Fleischer und am schmerzlichsten der Eisenwarenladen Ecke Graefestraße verschwunden, durch Szeneläden ersetzt worden, die jede Miete zahlten. Friseur *Fielitz* hatte einen Blumenladen als Nachfolger. Apotheken gibt es in der Ecke alle fünfhundert Meter, schon immer. Jellinek hatte in seinen nassen Jahren oft im *Rizz* bis Schluss gesoffen, bevor er im Biertempel Ecke Urbanstraße endgültig abdrehte, meist am nächsten Morgen nicht wusste, wie er nach Hause gekommen war, nach dem Aufwachen sofort nachschütten musste, wenn nichts da war, zog er los, zum Kiosk, oder gleich wieder in den Biertempel.

Am Ende war er im *Rizz* nicht mehr bedient worden. In der Suchtanamnese nach Jellinek, seines Namensvetters, wird ein Symptom als Saufen unter dem eigenen Stand beschrieben, so war's im *Biertempel*, wobei Jellinek spürte, dass er genau da hingehörte, obwohl er sich immer noch für was Besseres hielt. In den Läden mit den gepflegten

Bieren hatte er nichts mehr zu suchen, fühlte sich nicht mehr wohl, die Fassade war zerbröckelt. Inzwischen waren die Gäste im *Rizz*, die zwanzig Halbe in sich reinschütteten seltener geworden, C.Zack, und vor allem Joh, galten inzwischen als Exoten, waren isoliert, für die meisten ihres Schlages war in der Kneipe saufen zu teuer geworden, auch Jellinek hatte sich früher, bevor er in einer Kneipe auftauchte, schon zu Hause mehr als einen reingezogen. Das *Rizz* macht seinen Umsatz heute mehr durch Küche und durch die Latte-Fraktion. Samstags gibt's im *Rizz* die Bundesliga, auf moderner Großbildleinwand, nicht auf ner Röhrenglotze wie in den Eckkneipen der Siebziger und achtziger Jahre, dann fließt mehr Bier durch die Zapfhähne. Ein Jahr lang war das *Rizz* tageweise regelmäßig wegen Dreharbeiten geschlossen. Auch ne Möglichkeit mit ner Kneipe Geld zu verdienen. Überhaupt sind am Kanal und im Graefekiez dauernd Dreharbeiten. Locationsscouts everywhere. Am Planufer, Ecke Grimm, boomt das *Casolare*, der Laden ist schwer angesagt. Vor zwanzig Jahren, damals noch Kreuzberger Eckkneipe mit dem schönen Namen *Sorgenpause*, gab's massiven Protest gegen die dort auftauchenden Reps, das Haus gehörte dem Herrn Frei aus München, auch heute noch? Lange vor der Wandlung zur italienischen Pizzeria der Extraklasse, war's ein Irish Pub, in dem sich Jellinek besoffen mit den Malochern von der

Insel verbrüderte. Die waren nach der Wende reichlich auf den Baustellen von Mitte. Die Kneipe war immer gerammelt voll und alle besoffen, tranken meistens auf Deckel, was für die Wirte ökonomisch in die Hose ging. Schön war's. Yuppies verirrten sich auch mal rein, gefiel ihnen wohl nicht, meinte Johannes damals am Tresen, postmoderne Arschgesichter konnten zu der Zeit schon mal was auf die Glocke bekommen in Kreuzberg. Die wollten es hell und cool. Dann kam Siggi aus Schöneberg, wollte auch schon Pizza verkaufen, dem fehlte bloß das Geld für die notwendigen Umbauten, der Laden kam nicht ins Laufen. Jellinek und die andern zehn Suffköppe reichten nicht zum Überleben. Er verkaufte an einen Dicken ausm Osten der Stadt, der wollte was Besseres aus dem Laden machen, vergraulte die Stammkunden, neue gab's nicht, der Laden fackelte ab, stand ne Weile leer und ist jetzt mit seinen Steinofenpizzas und dem vermeintlich, authentischen italienischen Flair ne Goldgrube.

Das *il Casolare* heute, das Irish Pub namens *Barge* am Anfang der Neunziger Jahre, der gleiche Ort, Spiegel der Veränderungen. Zwei Straßenkreuzungen weiter, kurz bevor die Fichte auf die Urban stößt, das *Nova*, überlebter Mythos der Siebziger, Achtziger Jahre, eine der vielen Keimzellen der umherschweifenden Hasch- und

Suffrebellen. Im Schnittpunkt der Fichte- und Körtestraße war die *Hasenburg*.

Im *Nova* ist die Zeit stehen geblieben. Die *Hasenburg* versucht sich seit Jahren unter wechselnden Namen und Pächtern als Restaurant, ist seit Alf die *Hasenburg* abgab unauffällig geworden. In der Fichte versucht sich kurzlebig Spitzengastronomie. Im alten Fichtebunker entstehen Lofts der Luxusklasse. Berliner Immobilien-Boom. Jellinek saß damals in der Hasenburg als Juppi und Co rein stürmten und die Besetzung der *Ufa-Fabrik* in Tempelhof bekannt gaben. Die gibt's immer noch. Finn hat sich dort im Sommer beim Hafenfest an den Ständen umgesehen, das Programm genossen, und sich gefreut Juppi zu sehen. Die Gründung der alternativen Liste, die Hausbesetzungen der Achtziger Jahre, wurde in der Hasenburg durch Johannes feucht fröhlich begossen. Nur hat der vergessen damit wieder aufzuhören. Fröhlich ist nichts mehr, nicht mal mehr feucht, nass bis zur Unterlippe Oberkante, ist er, der Johannes.

Johannes setzte sich im *Rizz* nicht zu C.Zack und Ute, die waren dabei sich tief in die Augen zu sehen, er ging an den Tresen, war ihm eh am liebsten. Die Dunkle, zwei Hocker weiter, wollte er abfüllen, dann abschleppen.

Fünf Minuten nach seinem Auftauchen bestellte sich sein Opfer ein Taxi und war verschwunden.

„Hör auf zu saufen" hatte sie zu ihm gesagt, dumm gelaufen. *„C.Zack passiert das nicht, der hat zwar auch dauernd ein Bier vor sich, das scheint die Damen aber nicht zu stören."*

Marie Rolle hätte ihm den Unterschied, zwischen jemand der viel trinkt, und jemandem der nicht aufhören kann zu saufen, erklären können, danach fragte er aber nicht. Er wollte nur wissen, warum er keine abbekam, jedenfalls nicht für länger. Den Zusammenhang konnte er nicht sehen.

Die letzten zwanzig Jahre lebte er studentisch, politisch, offen, tolerant, weltoffen, selbstbestimmt, wie er meinte. Der Nebel in seinem Hirn war immer dichter geworden. Wenn er mal seinen Kiez verließ, was selten geschah, gar in die deutsche Provinz fuhr, spürte er inzwischen Ablehnung, mit Ende Vierzig noch keine Karriere in Sicht, keine Frau, kein Haus, kein Boot und kein Auto, konnte er die Spießer, alte wie junge, mit seinen lockeren

Sprüchen nicht mehr beeindrucken, die sahen ihn als loser. Am schlimmsten, für ihn war, dass sie auch im Graefekiez auftauchten, die neuen Spießer, mit Kids, die auf teuren Naturholzrollern daherkamen, in angesagten Klamotten. Wo die Böckhstraße auf die Grimm trifft, ist seit ein paar Jahren ein Eisladen, das war mal eine Hochparterrewohnung, da ist im Sommer bestes Kita-Flair zu erleben. Auf dem grünen Mittelstreifen der Grimm ist zur Hälfte Spielspaß für die Kids angesagt, Joh gönnt es ihnen, hätte es nur gern etwas leiser, genau wie den Baulärm, der an jeder Ecke fröhlich ausgebrochen ist. Überhaupt ist die Kitadichte enorm. Plötzlich sieht er überall im Kiez kleine Vorgärten, vor Kitas, Läden, ganz normalen Mietshäusern, entstanden um die Straßenbäume, durch Latten und Draht umzäunte Minigärten, die die Kreuzberger Köter am Bepinkeln des gepflanzten Grüns hindern sollen. Da die Baumstämme nicht mehr erreichbar sind, wird eben alternativ gepinkelt und gekackt. Hundekacke ist in der Hauptstadt schon immer Lieblingsthema gewesen. Joh wurde zunehmend besoffen. Der Zapfer schenkte ihm nur noch widerwillig aus, der konnte das Gefasel über die Veränderungen im Kiez nicht mehr hören. Er war aus Süddeutschland gekommen, und überlegte, vielleicht doch lieber in Przlberg oder in Mitte, seine Neigungen ausleben zu wollen.

„Und die bescheuerten Barrieren auf der Dieffenbach, die sieht man kaum, mit dem Bike bin ich da nachts schon auf die Schnauze geflogen, " begann Joh erneut. *„Letztes Bier"* verkündete sein Gegenüber. Joh blickte sich um. C.Zack und die Gräfin waren längst gegangen. Er war der letzte Gast. Er kaufte noch vier Becks, bekam noch einen Pfiff, zog los. Vor ein paar Jahren wäre er ins *Storchennest,* Ecke Müllenhaupt, gegangen. Dort gibt's jetzt indisches Fast Food. Die Flaschen in der Plastiktüte, eine geöffnet in der Hand bewegte er sich langsam über die Grimm in Richtung Admiralbrücke. Das *Casolare* an der Ecke war längst zu, die Pizzafans verdauten zu Hause. Der Zeitungsladen sowieso, der hatte im Sommer bis Mitternacht geöffnet, das junge Volk, das am Kanal die Nächte durchfeiert, holt sich da haufenweise, was die Stimmung hebt, Ziggis, Bier, Knabberzeugs. Das *Ahoi,* vor Jahren zur Kneipe mutiert, war mal der plüschige Friseursalon Igel, über dessen Namensgebung er sich nach wie vor amüsierte, auf einer Linie zum *Casolare,* parallel zum Landwehrkanal, auf der gegenüber liegenden Seite der freien Fläche gelegen, war ebenfalls geschlossen. Der Name sprach für das *Ahoi,* war irgendwie Programm, nicht so zeitgeistig wie die anderen Kanalkneipen. Joh gefiel die Atmosphäre, die zwei Ebenen innen. Die Klos im Kellerbereich waren durch eine halsbrecherische Treppe zu erreichen. Nichts für Angetrunkene. Wäre Johannes weniger

versoffen, er hätte sich dort wohlgefühlt, so aber traute er sich nicht oft zu der schönen Wirtin des Ladens.

Die Admiralbrücke ist übersät von Flaschenkorken, die an heißen Sommertagen in den weichen Teer der Fugen des Kopfsteinpflasters gedrückt werden. Im Sommer ist hier täglich Party angesagt, auch eine Veränderung, die Johannes ausschließt. Die dort Feiernden blieben unter sich. Er setzte sich auf einen der Straßenpoller, trank, fühlte sich einsam und war kurz davor vor Selbstmitleid zu heulen. Sein Blick fiel auf die vor Kurzem ausgebrannte *Iskele*. Das Restaurantschiff war spezialisiert auf Fischgerichte. Er kannte den Kahn noch als schwimmende Eckkneipe unter dem Namen *Pikass*. Freitags gab es da Tanz mit Live-Musik für den älteren Kreuzberger.

Der Anblick der ausgebrannten *Iskele* verstärkte sein Selbstmitleid. Jämmerlich fühlte er sich.

„Ich hör auf. Ich sauf nicht mehr." Er beschloss die drei Pullen in den Kanal zu werfen. Die vierte Flasche sollte sein letztes Bier sein. Er wollte sein Leben ändern.

Joh versuchte aufzustehen, die Tüte mit den Bierpullen klirrte auf die Straße, er schwankte, versuchte die Balance zu halten, schwankte stärker, fiel um.

Die Einäscherung war eine Woche später auf dem Friedhof in der Lilienthalstraße, in Nachbarschaft zur päpstlichen Nuntiatur und zur Johannes-Basilika. Alle die vor einer Woche bei Marie Rolle zum Essen waren, auch C.Zack und die Gräfin, kamen, zur anonymen Urnenbestattung des Johannes.

Als der Frühling im April mit voller Kraft am Kanal einzog, waren Ute, C.Zack und Benni, praktisch die Nachbarn von Evi und Bruno, Pieke doch noch Untermieterin bei Marie geworden. Finn und Sarah trafen sie gelegentlich bei den Essen von Marie. Sogar Jellinek meldete sich nach einiger Zeit. Ute ging regelmäßig zur Gruppe, konnte dort loswerden, was ihr auf der Seele lag.

Nachspiel

Johannes stieg von seiner Wolke und setzte sich zu den Anderen.

„Na, Alter, reicht es jetzt?"
C.Zack umarmte ihn.
Johannes konnte nicht antworten, er hatte einen Kloß im Hals. Nur weil das Urban wenige Hundert Meter von der Admiral entfernt war, war er nach seinem Zusammenbruch gerettet worden und um seine Bestattung herumgekommen.
Intensivstation, dann Entgiftung und zweimonatiger Klinikaufenthalt lagen hinter ihm. Jede Nacht hatte er seinen Absturz im Traum wiederholt. Er wachte jedes Mal schweißgebadet auf.
Die Sozialtante der Klinik hatte ihm einen Platz in einer betreuten Wohngemeinschaft besorgt. Die Mischung dort war brisant. Außer Joh, zwei weitere Alkis, von denen der eine heimlich weiter trank, der andere am Korsakowsyndrom litt und ebenfalls weiter soff, der hatte die Arschkarte, ohne Chance da wieder rauszukommen. Zwei cleane Junkies. Für die Junkies sind die Alkis Penner, die wiederum, sehen die Junkies als Kriminelle.

Die gegenseitige Abneigung wurde geradezu gepflegt. Johannes hatte das Ende seiner Fahnenstange erreicht. Er suchte nach Hilfe und hoffte sie bei den Anderen zu finden.

„Seit Wochen träum ich von meiner Beerdigung, anonym inne Urne, ihr seid alle gekommen, ich hab den Löffel abgegeben."
„Na rat mal, wieso."
„War wohl heftig, mein letzter Absturz."
„Wenns Dir besser geht, kannste ja wieder saufen."
C.Zacks Mitleid hielt sich in Grenzen, sein Mitgefühl zeigte er nicht.
„Also, wie geht's weiter? Was stellst Du dir vor? Den nächsten Absturz überlebst Du nicht."
„Was soll ich tun?"
„Das gleiche wie Jellinek, kapitulieren, kapitulieren vor dem Alkohol, sonst brauchst Du nichts zu tun. Lass das erste Glas stehen, geh in Gruppen, bleib man schön im Heute. Hilfe annehmen. Die wissen, wie trocken werden und trocken bleiben funktioniert."

Nachwort

Wer die beschriebenen Charaktere sucht, muss sich beeilen. Typen wie C.Zack und Johannes scheinen auszusterben. Die Neuen, durchweg gebildet, meist ökologisch orientiert, gesundheitsbewusst, zumeist gut verdienend, selbstbewusst davon überzeugt die Zukunft zu gestalten, kaufen sich einen Kiez und geben den Ton an, übersehen, dass sie die verdrängen, die das Flair ausmachen, wegen denen sie auch kamen. Berlin, der Graefekiez und Kreuzkölln (Neukölln) verändern sich rasant.

Die ausgebrannte Iskele ist entsorgt.

Die Reederei ankert zukünftig in Köpenick.

Das Ahoi hat einen anderen Namen.

Die schöne Wirtin ist weg, genau wie C.Zack und die Anderen.

Mike Ries, im Dezember 2010.

C.Zack fiel öfter

Reuterkiez war abgehängt

Schon Bierdosen spazier t en

teilte er sofort mit

Der Süden bekam Bauchgrimmen

Ute hat nicht wirklich Klimaaustausch
Marie w a r nicht unglücklich

Der Urban   Baulärm überall

Essen bei Marie   Mittags wachte er

auf Jellinek entfernt   das Gefasel

Jellinek hatte erlebt

C.Zack fiel öfter Bierdosen spazierten

Nach dem Essen bei Marie   Johannes

in die
            Kneipe Sie war begeistert

Fotos

Seite